KB034126

두 명은 아니지만
둘이 살아요

두 명은 아니지만
둘이 살아요

1판 1쇄 발행 2019년 7월 30일

지은이 김용운

발행인 박윤미
편집장 류현아
편집 김진희
디자인 스튜디오 고민
조판 박종건
일러스트 박영준
교열 김화선
마케팅 김찬완
홍보 이선유

펴낸 곳 ㈜알퍼스페이스
출판등록 제2012-000067호(2012년 2월 22일)
주소 서울 강남구 영동대로 315, 비1층(대치동)
문의 02-2002-9880
블로그 the_denstory.blog.me

ISBN 979-11-85716-83-1   03810
값 13,000원

국가자료공동목록시스템(www.nl.go.kr/kolisnet)에서 이용하실 수 있습니다.
(CIP제어번호 : CIP2019026856)

두 명은 아니지만
둘이 살아요

고양이랑 사는 현실남의
생활밀착형 에세이

김용운 지음
박영준 그림

Denstory

누군가 나를 의지하거나 내가 누군가에게 기대어
세상 풍파를 함께 헤쳐 나갈 때 겪는 희로애락을 나는 잘 모른다.
결혼기념일, 자녀의 생일 같은 날에 누리는
소소한 기쁨과 환희도 짐작하기 어렵다.
식구를 건사해야 하는 책임감의 무게를 선뜻 아는 체할 수 없고,
그 책임감이 때로는 가슴 깊은 곳을 지그시 누르는
행복의 주춧돌임을 잘 알지 못한다.

하지만 혼자 살기에 누리는 즐거움도 제법 많다.
고요한 집에 앉아 아무런 생각 없이
라디오의 음악을 듣고 있을 때의 평안함.
시간의 흐름을 천천히 감지할 수 있는 여유와
햇살이 화창한 휴일 아침, 훌쩍 산에 다녀올 수 있는 자유가 있다.

식구를 위해 감내해야 할 현실의 비루함도 상대적으로 덜하다.
여행을 떠날 때 내가 가고 싶은 곳으로만 갈 수 있다.
지극히 사적인 공간에서 다른 사람과의 관계 때문에 피곤할 일도 없다.
스스로 살림을 해나가면서 얻는 성숙함도 있다.

이렇듯 따지고 보면 함께 사나 혼자 사나 각각의 장단점이 있다.
서로를 부러워할 상황이 생기기도 하고
서로가 안타깝게 느껴질 처지에 놓이기도 한다.
다른 방향의 길로 보이지만 결과적으로 개인의 선택에 따른 인생이다.

중요한 건 혼자 살거나 둘이 살거나가 아니라
그저 지금 각자의 행복이다.
누군가와 비교하지 않고 나를 되돌아보았을 때 느끼는
이 감정의 밀도와 온도와 채도에 슬며시 웃음이 나는지,
아니면 괜히 한숨이 나오는지가 중요하다.

그리고 끼니를 차리고 설거지를 하고 빨래를 하고 분리배출과
청소를 하는 등 살림에 충실하다 보면 무심한 듯
흘러가는 하루 안에서도 작지만 반짝거리는 행운들을 찾아낼 수 있다.
그런 눈을 키우는 것도 혼자 살거나 누군가 같이 살거나 상관없이
개인의 노력이 우선이다.

무엇보다 꼭 사람이 아니라도 같이 사는 생명체가 있다면 인생이
또 한층 풍성해지고 깊어지고 덜 외롭다.
과거를 알 수 없는 고양이 송이 덕분에 그 사실을 알았다.

혼자 살면서, 그리고 두 명은 아니지만 둘이 살면서 느꼈던
평범한 날들의 감상들을 모았다. 그 감상들의 빛깔이 화려하지는 않지만
글을 읽는 독자들에게 은은히 따뜻하게 스며들면 좋겠다.

자신의 일상을 나누어준 지인들이 아니었다면
글들이 적잖이 푸석했을 것이다.
세월이 흐르면서 점점 숨기려 했던 여린 마음을 보낸다.
여전히 내 마음은 당신들을 처음 만날 때와 같다.
부모님과 동생에게 고맙다.

김용운

Contents

Part. 01

남자 혼자서도
잘 삽니다

#살림남

Part. 02

혼자이지만
함께

#독거총각

Part. 03

냥이를
키우며

Part. 04

자율생활을
위하여

남자 혼자서도

잘 삽니다

#살림남

빨래를
널다가

예전에는
흰옷을
제법 입었다

깔끔한 스타일
연출하기엔
흰색이 제격

빨래를 널다 보니
흰옷은 없고
대부분 회색빛

때 덜 타는
옷이
좋은 옷

혼자 사는
스님들이
그래서

혹

남자 혼자서도

의식주(衣食住). 인간에게 가장 필요한 세 가지인 옷과 먹을 것, 그리고 집. 한때 왜 옷이 가장 앞에 올까 궁리를 한 적이 있다. 사람의 생존에 음식이 가장 우선적으로 필요할 텐데 어째서 순서가 뒤바뀌었는지 고민하다가 자체적인 결론을 내렸다. '동물은 일반적으로 옷을 입지 않으니 옷은 인간만의 것이다.'

옷은 우리가 동물이 아닌 사람임을 구별해주는 가장 기본적이고 원초적인 물품이다. 동물들도 끼니를 구해 먹는다. 자신들의 둥지나 서식처도 만든다. 그러나 옷을 지어 입지는 않는다.

그러니 '의'는 인간을 인간답게 하는 명확한 특징이다. 성서에서도 아담과 이브가 선악과를 먹고 제일 먼저 한 일이 자신들의 몸을 가린 일이었다. 몸을 가리기 위해 만든 옷은 점차 외부의 위협에서 신체를 보호하고 사회 안에서 신분을 드러내는 수단으로 위상이 높아졌으며, 인간의 삶에 필수 불가결한 요소로 자리매김했다.

혼자 살면서 끼니를 차려 먹고 설거지를 하고, 분리배출을 하는 일보다 빨래가 가장 귀찮다. 옷을 세탁기에 넣고, 꺼내어 널고, 마지막으로 정리하는 일은 해도 해도 귀찮다.

빨래를 널다 문득 어머니가 생각났다. 살림이 넉넉지 않아 자식들에게 옷을 자주 사 입혀주지 못한 어머니는 빨래만큼은 늘 야무지게 하셨다. 지금도 부모님 댁에 가려고 전화를 드리면 이불이나 속

옷을 가져오라 하신다. 세탁기에 세제만 넣고 하는 아들의 빨래가 미덥지 않으신지.

어머니는 식구들 옷을 빨아서 말리고, 일일이 다리거나 풀을 먹이고 나서 옷장에 차곡차곡 정리하셨다. 속옷은 삶고 이불은 솜을 털어 따사로운 볕에 말리셨다.

문득 사랑하는 이들의 옷가지를 세탁해보기 전까지는 감히 인생을 안다고 말할 수 없다는 생각이 들었다. 옷을 깨끗이 세탁해 입고 다니는 일은 결국 인간만의 모습이다. 세탁하기 전 찌든 옷에는 인간의 고상함보다는 동물의 습성이 여기저기 배어 있다. 세탁의 과정을 통해 옷들은 사람의 징표로 되살아난다.

세상 모든 동물 가운데
오직 인간의 어미만이
식구의 옷을 세탁하여
새로 입힌다.
얼핏 보면 반복되는
일상의 사소한 일이지만
세탁은 인간만의 행위다.
그렇기에 단순한
가사노동으로 치부하기
어렵다.

내
행복 챙기기

모처럼
봄바람이 산들산들,
날씨가 제대로 봄날

틈날 때마다
꽃 구경
사람 구경

봄날의 꽃조차
누리지 못한다면
결국 자기만 손해

행복은
느끼는 만큼
결국 내 것이 되더라

옆 사람과 나누면
배가 된다고도 하지만
알 길은 없고

흑

남자 혼자서도

요 며칠 기승을 부리던 미세먼지가 사라지고 봄날다워 모처럼 걸었다. 개나리며 진달래 같은 봄꽃들이 피어나 한껏 아름다웠다. 걷기와 함께 봄날을 즐기려는 이는 나뿐만이 아니었다. 걷다 보니 봄을 맞이하는 사람들이 많았다. 봄의 풍경을 스마트폰에 담으며 살짝 들떠 있는 사람들의 환한 얼굴은 보기만 해도 흐뭇했다. 절로 주어진 봄날의 화창함에 웃음 짓고 만족해하는 이들의 표정은 남이 보는 내 표정과도 다르지 않았을 것이다.

며칠간 바쁜 일상에서 틈을 내어 걸으면서 딱히 경제적인 이득이 생긴 것도 아니지만 무언가 채웠다는 느낌 덕에 겨우내 지녔던 정서적인 허기가 사라졌다. 각박해 보이는 도심 속에서도 자신의 리듬에 따라 온갖 보드라운 빛깔을 천천히 드러내는 자연의 변화를 온전히 내 것으로 느껴서일까.

우리가 살아가면서 입는 손해 중에는 경제적인 것만 있지 않다. 단지 살아 있기에 절로 누릴 수 있는 것을 외면한 채 그저 먹고사는 일상에만 매몰되어 사는 것도 결국 자기 손해다. 날씨가 좋은 날 잠시라도 주변을 둘러보면 돈을 내지 않고도 감상하고 즐길 수 있는 게 지천이다.

행복은 그렇게 주변을 느낄 수 있는 여유에서 온다. 느끼는 만큼 행복이다.

봄볕은 적당히 따뜻하고 딛는 발걸음마다 흩날리는 꽃향기들은 절
로 노랫말을 흥얼거리게 한다. 그 순간 비록 동행 없이 걷는 사람
이라 해도 행복을 만끽하는 데 있어서만큼은 별다른 결격 사유가
없다.

삼겹살
반 근

삼겹살
사러 간
동네 정육점

식구가 몇인데
반 근만 사 가느냐는
사장님 말씀

"혼자 살거든요"

사장님
파절이 한 봉지
말없이 주셨다

반 근 더 샀다

흑

남자 혼자서도

유독 집에서 고기를 굽고 싶은 날이 있다. 오늘이 그런 날. 연기와 냄새가 나지 않고 고기만 이글이글 구울 수 있다는 원적외선 조리 기구를 구입한 지 며칠 지나지 않아서일까.

처음에는 한우 등심을 사 오리라 다짐했다. 한우 등심이 비싼 편이긴 해도 돼지 삼겹살에 비해 상차림이 번거롭지 않다. 기름소금장과 약간의 마늘만 준비하면 맛있게 먹을 수 있다. 그런데 동네 정육점 가는 길에 생각이 바뀌었다. 뇌에 '고기는 삼겹살'이란 인식이 자동으로 작동하면서 200그램에 2만 원이 훨씬 넘는 한우 등심 가격이 현실적으로 다가왔기 때문이다.

결국 국산 돼지 삼겹살 반 근을 달라고 했다. 정육점 사장님은 식구들이 먹기에는 턱없이 부족하다며 한 근 이상 사라고 권했다. 혼자 산다고 말씀드렸다. 사장님은 더는 권하지 않고 삼겹살 반 근에 말없이 파절이 한 봉지까지 덤으로 주셨다. 한파로 채솟값이 평소보다 비싸던 때였다. 문 열고 나오다가 발길을 돌려 반 근 더 샀다.

원적외선 조리 기구에서 삼겹살은 노릇노릇 잘 구워졌다. 연기가 확연하게 나지는 않아도 잘 구워지고 있다는 것은 후각으로도 충분히 감지할 수 있었다. 파절이에 김치를 곁들여 삼겹살을 한 점 집어 먹으니 세상 부러울 이 없었다. 소주 한 잔을 마시며 생각했다. '혼자 산다고 파절이를 주신 건 아닐 거야. 반 근만 샀으면 부족했겠지. 살은 빼서 뭘 하나, 누가 확인할 것도 아닌데.'

최신형
냉장고

대형 마트에서
최신 양문형 냉장고를 보고
반했다

살림하는
주부님 마음을 담아
개발했다는데

내 마음도
담겨
있으려나

흑

남자, 혼자서도

원룸형 아파트 전세로 집을 옮겨 본격적인 1인 가구로 살기 시작했을 때, 동네 가전제품 대리점에서 237리터급 소형 냉장고를 구입했다. 그때 대리점 판매사원이 이왕이면 양문형 냉장고를 사라고 강력하게 권했다. 냉장고는 한번 사면 바꾸기 어려우니 처음 살 때 큰 걸 사야만 살림할 때 편하다고.

혼자 살아서 큰 냉장고는 필요 없다고 했다. 또래로 보이던 판매사원은 거듭 설득했다. 자신도 혼자 사는데 캔 맥주 한 박스 넣어두려면 아무래도 양문형 냉장고 정도의 대형 냉장고가 편리하다는 것이다. 그 말에 솔깃했지만 가격이 저렴하지 않았고, 가뜩이나 좁은 집에 쓸데없이 커 보였다. 흔들림 없이 처음 골랐던 소형 냉장고를 선택했다.

막상 사용해보니 쌀을 제외한 고추장, 된장, 파와 양파 같은 기본적인 식재료부터 부모님 댁에서 가져오는 각종 반찬, 홈쇼핑에서 파는 온갖 특가 식품을 채워 넣기에는 200리터가 조금 넘는 냉장고는 결코 여유롭지 않았다. 캔 맥주는 고사하고, 있는 식재료를 넣는 것도 벅찼다. 음식 솜씨 대신 냉장고 내부에 음식을 쌓는 솜씨만 늘어났다.

어느덧 1인 가구로 산 지 10여 년이 흘렀다. 최근 미니멀 라이프를 지향한다며 텔레비전도 없애고 가구도 여러 개 버렸다. 살림살이를 들여놓고 싶은 마음 자체도 많이 사라졌다.

그러나 냉장고만은 예외다. 아직 멀쩡하게 잘 돌아가는 냉장고이지만 바꾸고 싶은 마음이 가득하다.

그런 고민이 마냥 쓸모없진 않았다. 양문형 대형 냉장고와 김치냉장고가 있음에도 굳이 쌀과 채소를 보관할 김치냉장고 한 대를 더 들여놓으시겠다는 어머니 말씀에 아버지와 달리 쉽게 고개를 끄덕이며 돈을 보태드린 것도 냉장고 앞에서의 고민이 없었다면 어려웠을 것이다.

남자 혼자서도

몇 해 전부터 대형 마트
가전제품 판매대 앞
최신 냉장고에
유독 눈길을 주며
망설이는 주부들의
모습에서 괜한 동질감이
느껴졌다.

1인
1통

서른한 가지나
골라 먹을 수 있다는
그 아이스크림 가게

입맛대로 세 가지
골라 담고
계산 전

아르바이트생이
밝은 표정으로
"숟가락 몇 개 드릴까요?"

나는 왜
말을 못 했나
하나면 된다고

흑

남자 혼자서도

오랜만에 아이스크림이 먹고 싶어 동네 초입에 골라 먹는 재미가 있다는 그 아이스크림 가게에 갔다. 체리와 초콜릿, 호두가 들어 있는 아이스크림을 골랐다. 분홍색 숟가락 두 개를 꺼내 보이며 몇 개 필요하시냐고 묻는 아르바이트 학생에게 한 개만 필요하다고 말하기가 순간 멋쩍었다. 앞에 내 또래로 보이는 남자 손님이 여섯 가지 아이스크림을 담으며 숟가락 세 개를 달라는 것을 보고 샘이 나거나 부러워서 그런 건 절대 아니었다.

대학 시절 다년간의 외식업 아르바이트 경험상 손님이 말하기 전에 먼저 필요한 것을 맞히는 데서 오는 묘한 자부심을 알고 있다. '숟가락 두 개가 필요한 손님'이라고 예상한 아르바이트 학생의 자부심을 지켜주고 싶었을 뿐이다. 게다가 사십 대 아저씨가 세 가지 아이스크림을 혼자 먹겠다고 포장해 가는 건 1인 가구가 상대적으로 드문 이 동네에서는 흔한 일이 아니다.

집에 돌아와 아이스크림 뚜껑을 열었을 때 '아차!' 했다. 숟가락 고민을 하느라 정작 포인트 카드 적립은 챙기지 못했던 것이다. 게다가 영수증도 버려달라고 했다.

포인트 모아 할인 혜택은 알뜰 살림의 기본. 아직 살림을 잘하려면 멀었다는 자책감이 살짝 들었지만 오래가진 않았다. 좋아하는 아이스크림은 혼자라도 원 없이 먹으면 금방 행복해진다. 다음에는 여섯 종류의 아이스크림도 다 먹을 수 있을 거란 자신감도 곁들여.

평상심을
충전하는 시간

책 읽다가
눈 한 번
감았다 떴는데

어느새
창밖 산 너머
노을이 진다

아무도
깨우지 않는
시간이 흘러간다

주말 오후도
매일매일의
아침처럼

흑

남자 혼자서도

주말 근무가 없다면 토요일에는 오전 9시에서 10시쯤 일어난다. 빨래하고 끼니를 차려 먹고 청소하면 반나절이 금방 간다. 오후가 돼서야 인터넷 서핑을 하거나 라디오를 듣다가 소파에 누워 책을 펼친다. 책을 읽다가 졸다 보면 어느새 창밖 북한산 능선 너머 노을이 진다.

어둑어둑 해가 지면 편한 차림으로 나와 동네 인근 식당에서 눈치 보지 않고 혼밥을 한다. 그리고 집에 돌아와 SNS에 글을 쓰거나 지인들의 글에 댓글을 달다가 눈꺼풀이 무거워질 즈음이면 어느덧 토요일은 어제로 넘어가 있다.

일요일 오전, 날씨가 좋으면 가벼운 산책이나 산행을 한다. 날이 흐리면 침대에서 거의 내려오지 않는다. 오후에는 성당 미사 참례와 재활용품 분리배출이 보태진다. 일요일 역시 토요일처럼 약속은 거의 만들지 않는다. 만나는 이가 없으니 함께하는 재미는 없더라도 인간관계로 불편할 일은 없다.

주변을 둘러보면 자신을 위해 온전히 주말을 보낼 수 있는 사람들이 많지 않다. 특히 주말마다 식구들이나 다른 일로 분주한 기혼자들은 나의 혼주말 생활을 적잖이 부러워한다. 나도 내심 그 부러움을 즐기기도 한다.

하지만 나를 위해 온전히 보내는 주말이 마냥 만족스럽지 않을 때도 있다. 시간을 의미 없이 낭비하고 있는 건 아닌지 하는 내면의 불안함이 불거질 때다. 남들과의 경쟁에서 이기기 위해 자기 계발하고 부단히 돈 모을 궁리를 해도 모자랄 판에 그저 몸과 마음의 평온에 젖어 살고 있는 것은 아닌가. 이러한 상념은 게으르고 나태하게 시간을 보내고 있다는 자책으로 이어진다.

다행히 자책이 오래가진 않는다. '아침 8시 출근, 오후 7시 퇴근, 때때로 야근에 주말 근무도 마다하지 않는 '성실'한 직장인인 편이니 굳이 쉬는 주말에까지 부지런에 조바심 떨며 살지 않아도 되겠지. 아프면 돌봐줄 사람도 없는데 쉴 수 있을 때 미리 쉬어야지' 하면서 말이다.

혼술하는
이유

설거지하다
술잔을 깨뜨렸다

커플용 유리 술잔
중 하나가 사라졌다

어차피
집에선 혼술

사실
쓸모없었던 하나

혹

남자 혼자서도

사회에 나와 남에게 말하지 않았던 매우 힘든 일 가운데 하나가 눈물을 참는 일이었다. 유년 시절부터 곧잘 울었고 지금도 왕왕 코끝이 시큰거리는 상황에서 남에게 눈물을 보일까 염려할 때가 있다. 이를 '나이브하다'고 표현하기도 하는데 단지 여린 심성에서만 기인하는 게 아니라 현실을 직시하지 못하는 연약함 때문이기도 하다. 심리적으로 더 깊이 들어가 보면 눈물을 통해 상대에게 뭔가 억울한 심정을 호소하려는 방어기제도 있는 것 같다.

어떤 상대와 이야기를 하다가 울먹거리기라도 하면 이것은 일종의 항복이거나 최소한 졌다는 것을 의미한다. 타인과의 대면 과정 중 감정을 제어하지 못해 울먹이는 것은 분명히 약함을 드러내는 것이다.

조직 내 이해관계의 당사자들로 대면하다 얼굴을 붉히며 말해야 할 때도 있다. 안타깝게도 가뜩이나 눈물이 많은데 특히 취중에는 격해져 감정을 제어하기 힘든 일이 꽤 생긴다. 생리학적으로 여성호르몬의 분비가 더 많아지는 시기라 그런가.

이런 개인적인 사정으로 집에서 혼술을 즐긴다. 주변 지인들은 집에서 혼자 무슨 재미로 술을 마시느냐고 묻는다. "집에서는 오히려 적게 마셔 과음하지 않는 데다가 바로 잘 수 있어서"라고 답한다. 그것은 일종의 '의전용' 대답. 스스로에게 털어놓는 솔직한 답은 눈물 흘려도 민망하지 않기 때문이다.

사실 노트북이나 스마트폰을 들여다보면서 혼술하다 보면 눈이 침침해진다. 청승은 그대로인데 나이 드니 안구만 건조해져 그렇다. 인공눈물 없어도 몇 번 깜박이다 보면 아직 눈물이 나오니 그나마 다행이라고나 할까.

남자 혼자서도

아무튼 마흔을 넘긴
남자 성인이 남 앞에서
눈물을 보이는 일은
창피한 일이다.

집밥
스타일

저녁 즈음
갑자기
만둣국 생각

걷다가 들어간
식당에
손님은 나 한 명

만둣국 국물까지
싹 비우고
계산할 때

주인아줌마께서
괜히
미안해하시며

"더 드릴 걸 그랬네요"

흑

남자 혼자서도

여름 햇살이 서서히 힘을 잃을 8월 말 무렵, 업무를 마치고 창을 보니 저녁 빛이 무척이나 고왔다. 그 분위기에 취해 을지로 4가에서 대학로 초입 이화 사거리까지 걸었다. 걷다 보니 갑자기 만둣국이 먹고 싶어 주변을 둘러보면서. 마침 이화 사거리 창신동 방향 버스 정류장 앞, 만둣국을 파는 식당이 보였다.

문을 열고 들어갔다. 주방에는 낡아 보이는 칼국수 뽑는 기계와 커다란 들통에 육수가 자글자글 끓고 있었다. 손님은 아무도 없었다. 주인이자 주방장인 50대 중년의 아주머니 혼자 계셨다. 그곳 기자재를 보니 최소 5년 이상 한자리에서 장사한 것처럼 보였다.

만둣국이 나왔다. 주인장 아주머니의 손맛이 느껴졌다. 주인아주머니는 내 등 뒤에서 열무를 다듬고 계셨다. 손님은 나뿐이어서 모처럼 온전히 먹는 행위 자체에 집중하며 만둣국 한 그릇이 나에게 오기까지의 과정들을 떠올렸다. 실은 자신의 요리법대로 만둣국을 끓여 손님에게 낸 주인아주머니들의 손맛으로 나는 자라고 컸다. 어머니 또한 직접 재료를 다듬고 요리해 식구들의 밥상을 채워주셨다.

한때 점심 식사를 모 그룹 사옥 지하 식당가에서 주로 했는데, 그곳에는 다양한 프랜차이즈 음식점들이 있다. 대량으로 식사를 공급해야 하는 시스템에서는 맛의 균일함이 중요하다. 이를 위해 규격화된 재료와 요리법이 있다. 음식을 조리하는 사람의 정서나 감이나 개성이 들어갈 틈이 없다. 그래서 일정 수준의 음식을 먹어도 만족도는 낮은 경우가 많다. 입으로만 맛과 포만감을 느끼는 게 아니니까.

주인아주머니는 국물 한 방울 남기지 않은 그릇을 보더니 양이 모자랐느냐며 미리 말씀을 주셨으면 더 드렸을 것이라며 괜히 미안해하셨다.

"아닙니다. 맛있어서 다 먹었네요. 잘 먹었습니다."

계산 후 나올 때까지 여전히 들어오는 손님은 없었다. 홀로 천천히 식사를 하며 한 식당을 온전히 차지하고 나온 셈이다. 육체의 포만감 외에 또 다른 포만감이 몰려왔다.

약간 눅눅한 김 가루가
아쉬웠지만 모처럼
규격화, 정형화된 음식이
아니라 사람의 손맛이
느껴지는 만둣국이었다.

좋은 집의
조건

"넌 좋겠다
 좋은 집에
 살아서"

"선배
 우리 집은
 30년 된 아파트입니다"

"그래도
 제일 좋은 집에
 사는 거 같다"

              "왜요?" 하니
              "집에 가면
               아무도 없잖아"

              그리고
              이어지는
              선배의 푸념

                          흑

남자 혼자서도

삼십 대 초반 이후 한 직장에서 10여 년 이상 근무하다 보니 회사 내 선배들이 결혼하는 모습을 자연스럽게 접했다. 퇴근 후 밤늦도록 어울려 술 마시고 같이 스트레스를 풀던 선배들은 어느새 누군가를 아내나 남편으로 맞이했고 또 한 아이의 부모가 되면서 자신들의 삶에 큰 변화를 겪었다. 그 모습을 지켜보면서 요즈음의 결혼생활을 유추할 수 있었다. 그중에서 아이를 낳은 후 선배들의 심리적 변화가 가장 인상적이었다.

선배들은 아이 출산과 함께 인생 자체가 달라진다며 아이를 낳고 키우는 과정에서 결혼생활의 진가가 나타난다고 강조했다. 부모가 된 이후부터 선배들은 전과 달리 관조적인 표정으로 결혼에 대한 각종 조언들을 들려주곤 했다.

그러나 남자 선배들과 여자 선배들은 다른 점이 있기도 했다. 여자 선배들과 달리 주로 남자 선배들은 술 취하면 내 삶에 대해 부러움을 곧잘 드러냈다. 어떤 선배는 오래되고 좁은 우리 집이 가장 좋은 집이라며 괜히 술을 더 권했다. 나와 멀지 않은 동네에 살다가 결혼 후 이사한 선배여서 더욱 의아했다. 내가 사는 집을 빤히 아는 그 선배가 왜 내 집이 좋다고 하는지 그 이유를 짐작하기 어려웠다.

선배는 '네가 알 리가 없지' 하는 표정으로 말했다. 결혼해보면 집에 들어갔을 때 아무도 없는 빈집이 가장 좋을 때가 있다고. 너는 매일이 그렇지 않냐고.

혼자라도
감기 조심

차가워진 날씨
주변에 감기 환자들

후배의
감기 조심하라는 안부

감기는
감염성 바이러스 질환

사람을 만나야
감기에도 걸린다는 답신

후배는 웃고
선배는 울고

흑

남자 혼자서도

감기는 남녀노소 가장 흔히 걸리는 병이다. 감기가 유행하면 사람 많은 곳에 가지 말라고 한다. 감염성 질환이다 보니 다른 이로부터 감기 바이러스가 옮아 걸릴 확률이 높아서다.

집에 가만히 앉아 있지 않던 젊은 시절에는 매해 가을부터 겨울까지 감기를 거의 거르지 않았다. 여기저기 싸돌아다닌 탓이다. 특히 코가 막히고 콧물이 나오는 코감기 증상으로 애를 많이 먹었는데, 코감기로부터 비교적 자유로워진 건 서른 중반 이후부터였다.

수지침에서 비염 등을 치료하는 가운뎃손가락 첫 번째 마디 중앙 통점을 수년 동안 누르고 다닌 효과를 본 것일까. 아니면 증상이 오면 바로 병원에 가서 치료를 받고 약을 먹어서였는지는 정확하지 않다. 아니면 면역력을 높인다고 복용했던 한약 덕분일 수도 있다. 확실한 건 나이를 먹을수록 사람들을 만나지 않고 집에 들어앉아 있는 시간이 많아졌다는 사실.

찬바람이 불기 시작한 늦가을 어느 날, 다른 부서 후배가 메신저로 안부를 물어왔다. 후배는 연말에 자신의 신상에 변화가 생긴다고 했다. 연말에 결혼을 앞둔 예비 신부였다. 축하를 전하자 감사하다며 감기 조심하라는 인사를 남겼다. 평소 같으면 너도 감기 조심하라고 메시지를 보내며 마무리했을 텐데 나도 모르게 '누굴 만나야 감기도 걸리지!'라고 답하고 말았다. 보내놓고 후회했다. 히스테리는 노총각에게도 예외가 아닌가 보다.

택배
왔습니다

토요일 오후
인기척 없는
조용한 집 안

적막을 깨는
반가운
초인종 소리

"택배 왔습니다"

집에
찾아오는 이 없어
적적할 때면
주문을 외우지 말고
주문을 하세요

흑

남자 혼자서도

유년 시절, 친구네 간다는 말 사이에는 '놀러'라는 목적어가 당연히 붙어 있었다. 놀러 갈 수 있는 곳이 사는 집 외에는 딱히 없던 때였다. 친구들끼리 서로의 집을 무던히 오가며 시간을 보내고 우정을 다졌다. 어머니들이 끓여주시는 라면도 먹으며 만화책도 비디오도 보았다. 어른들끼리도 집에 오고 가며 왕래하는 일이 잦았다. 사는 수준이 다들 엇비슷했기에 어떤 집에 사는지를 놓고 상대를 평가하거나 가늠하는 일도 지금보다는 덜했다.

요즘에는 남의 집에 가거나 내 집에 누군가 찾아오는 일이 무척 조심스러운 일로 바뀐 듯하다. 누군가 집으로 초대하고 누구의 집으로 놀러 가는 일은 예전보다 매우 친밀한 이들 사이에서만 가능한 일로 여겨지고 있다. 집 밖에서 만날 수 있는 공간이 늘어났기 때문이기도 하지만 각자의 집을 오가며 친분을 나눌 만큼의 여유가 줄고 인간관계의 밀도가 전보다는 약해진 이유도 클 것이다.

그러니 혼자 사는 집에는 정말 나밖에 머물지 않는다. 완벽한 자유의 공간에서 편안함을 누릴 수 있어 좋지만 편안함도 쌓이면 적적해진다. 적적하다 못해 적막해진다. 고요함과 쓸쓸함이 집 안에 감돌면 정신 건강에 좋을 리가 만무하다. 그 적막을 깰 수 있는 것은 결국 타인의 반가운 방문이다. 토요일 오후, 택배 아저씨를 기다리다 생각했다. 왜 동네 슈퍼마켓에서 살 수 있는 것들을 나는 번번이 주문하는 것일까. 답을 모르지 않았지만 계속 궁금해하기로 한다. 싱글 라이프를 당장 벗어나거나 택배 없이 살 것도 아닐 테니까.

Part. 02

혼자이지만

함께

#독거총각

떡볶이를
먹다가

퇴근길
종종 사 먹는
시장 떡볶이

오늘도
떡볶이 1인분에
튀김 몇 개

계산하고
나서는데
아주머니 한 말씀

"애들은 떡볶이 안 좋아하나 봐요.
포장해 가시는 걸 못 봤네"

고양이가
떡볶이만
먹었어도

흑

혼자이지만

퇴근길에 지하철역 인근 시장에서 파는 떡볶이를 가끔 사 먹는다. 줄 서서 먹을 정도로 맛있는 가게는 아니다. 마흔 넘은 아저씨가 오고 가는 사람들이 많은 시장 골목에서 서서 먹다 보면 계면쩍기도 하다. 그런데도 굳이 그곳에 가는 이유는 시장 떡볶이를 먹을 때만 느낄 수 있는 특유의 정서와 분위기가 좋아서다. 떡볶이를 접시에 담아주는 가게 아주머니와 그 앞에 서서 먹는 손님들의 흥겨움. 음식을 만드는 사람과 음식을 먹는 사람 사이의 교감이 각별해서다.

떡볶이를 포장해 가는 다른 손님들을 흘깃 보는 것도 흥미롭다. 2인분을 시키는 손님들은 함께 먹을 식구나 친구들을 생각하며 튀김과 순대를 주문한다. 간혹 휴대전화로 상대에게 오징어나 김말이 튀김 중 어떤 것이 더 좋은지, 순대에 간을 추가할지 묻는 사람들도 있다. 그들은 그저 떡볶이를 사러 온 한 명의 손님이 아니라 누군가의 아버지나 어머니, 오빠나 남편, 아내, 누나나 동생이다.

종일 일에 지친 내 모습도 그곳에서는 딱히 어색하거나 피곤하지 않다. 갈수록 돈이 통장이나 카드 속 숫자로만 취급받는 디지털 세상에서 단 몇천 원이나마 직접 현금을 건네고 거스름돈을 주고받을 때 느낄 수 있는 아날로그적인 만족감도 느낄 수 있다.

무엇보다 나 자신이 시장에서 흔히 볼 수 있는 평범한 사람이라는 인식을 다시금 할 수 있게 되는 곳이라 좋다. 시장 떡볶이 정도는 누구 눈치 보지 않고도 스스럼없이 즐길 수 있는 소탈함이야말로 혼자 사는 이가 지녀야 할 행복의 비결. 일상의 작은 것에 만족하고 기뻐할 수 있는 마음 앞에서는 외로움도 종종 멈칫거리다 되돌아간다.

또
청첩장

"선배
미안해요"

올해
몇 번째
미안함일까

그것을
건네주는
후배 잘못은 없다

받기만 하는
내
잘못일 뿐

지난 주말,
이번 주말도
가지 않았네

그것은
청첩장
청첩장

혹

혼자이지만

서른 후반 이후부터 후배들이 멋쩍은 듯 청첩장을 건넨다. 그렇게 덧붙이지 않아도 될 텐데 한마디를 하면서.

"먼저 가서 미안해요, 선배. 꼭 오실 거죠?"

청첩장 받으며 안 간다고 할 수 없어 "가야지, 잘 살아라" 덕담을 건넨다. 막상 결혼식 당일에는 축의금만 인편으로 보내는 경우가 적지 않다. 처음에는 마음이 불편해지고 약간의 죄책감마저 들었다. 결혼식에 가지 않았음에도 신랑이나 신부인 후배 녀석들이 신혼여행에서 돌아와 사무실에 떡을 돌리며 "선배, 와주셔서 고맙습니다"라는 인사를 건네면 더욱 그랬다.

그런데 어느 때부터는 청첩장을 받아도 조금은 마음의 짐을 내려놓고 결혼식에 불참한다. 축의금만 내고 식장에 가지 않는 게 가뜩이나 돈 들어갈 일 많은 신랑 신부를 경제적으로 도와주는 길이라고 위안하면서. 내가 하객으로 참석하지 않는다고 해서 그들의 앞날이 어두워지는 것도 아니니까.

오늘도 후배 결혼식장에 가지 않고 집에서 빨래를 했다. 마침 라디오에서 이적의 「거짓말」이 흘러나온다. 평소에는 무심히 듣던 노래인데, 이날은 '거짓말, 거짓말, 거짓말' 반복하는 가사가 계속 귀에 맴돌았다. 네 결혼식은 꼭 간다고 했는데……

싱글남의
부부 코칭

성당 결혼식 때
증인 섰던
후배 부부를 만났다

부부끼리 대화를
듣다 보니
사뭇 심각하여

남편 흉볼 때
아내 편들어주고
아내 원망할 때
남편 편들어주었다

며칠 후
덕분에 화해했다며
감사 문자 도착

결혼생활
무경험자의
부부 코칭 노하우

흑

혼자이지만

은근히 자화자찬하는 한 가지가 있다. 지인들 결혼식에서 여러 번 증인을 섰다는 사실이다. 누군가의 인륜대사에 증인으로 설 만큼 주변 사람들로부터 신뢰를 받고 있다는 사실을 에둘러 말하면서 내심 뿌듯해한 때가 적지 않다.

사실 내가 결혼식 증인을 섰던 이유는 증인을 설 만큼 믿음직스럽다기보다는 평소에 가톨릭 신자임을 딱히 숨기지 않고 다녀서다. 예식장 결혼식에서는 증인을 세우는 경우가 극히 드물지만 성당에서 하는 결혼식은 다르다. 성당에서 올리는 결혼식을 혼배미사라고 하는데, 신랑과 신부는 서로의 증인과 사제 앞에서 혼인 서약을 한다. 이때 증인은 가톨릭 신자여야 하는데 그 조건에 내가 들어맞은 것이다.

지금까지 세 커플이 혼배성사를 올려 부부의 연을 맺을 때 증인을 섰다. 한 명은 중학교 때부터 친구인 녀석, 두 명은 대학교 졸업 후 취업 스터디를 하며 만났던 후배들이다. 세 가정의 탄생에 내가 일정 부분 도움이 되었다고 생각하면 나름대로 보람이 있다. 그들이 결혼 준비 과정에서 겪었던 혼란과 번민과 망설임을 잘 다독여주며 끝까지 결혼을 응원해서다.

그중 가까운 동네 친구가 된 후배 부부는 혼자 사는 나를 가끔 저녁 식사에 초대해 시댁에서 가져온 반찬을 나눠주기도 했다. 덕분에 서로 좋아 죽겠다고 결혼했으면서도 살면서 다투고 삐치다가 서로

챙기기를 반복하는 그들의 결혼생활을 가까이서 바라볼 수 있었다.

가끔은 그들의 부부 싸움 화해에 내가 조금은 기여하기도 했다. 방법은 간단했다. 결혼 전부터 후배 부부와 각각 친분이 있어서 남자녀석이 여자 녀석 흉을 보면 같이 흉을 봐주고, 여자 녀석이 남자녀석 험담을 하면 같이 해줬다.

헤어질 무렵에는 자신이 남편에게, 아내에게 잘못한 게 더 많은 거같다며 서로 미안한 표정을 지어 머쓱해지기도 했다.

단지 자기편을
들어주었을 뿐인데
남자 녀석은 되레 아내가
그렇지만은 않다며
두둔했다. 여자 녀석 또한
마찬가지였다. 둘이 함께
나에게 살짝 역정을
낸 적도 있다.

아이 눈은
솔직해

아파트 엘리베이터 안에서
오랜만에 마주친
옆집 신혼부부 가족

갓난아기였던 옆집 꼬맹이
어느새 종알종알하며
내게 웃어주었다

아빠 품에 안겨 있던 녀석
손가락으로 새치 난
내 옆머리 잡으며

"할부지 할부지"

아이는
거짓말을
못 한다던데

흑

혼자이지만

북한산과 도봉산이 한눈에 들어오는 서울 도봉구의 아파트 단지에 살고 있다. 준공된 지 30년이 지난 아파트로 약 1500세대가 거주한다. 내가 사는 집은 단지 내에서 작은 평형에 속해 식구가 적은 가구가 대다수다. 이 집에 들어오기 전부터 부동산 중개소에서는 신혼부부들이 선호하는 평형이라 나중에 월세나 전세 놓기 좋다며 적극적으로 사는 것을 권했다.

살아보니 신혼부부가 많이 산다는 부동산 중개소 사장님의 말씀은 사실이었다. 엘리베이터 탈 때 보면 은근히 손을 잡고 내리는 커플들을 자주 목격한다. 마침 바로 옆집도 신혼부부가 살고 있었다. 이사 오던 첫해에는 아이가 없었는데, 해가 바뀌고 계절이 지나면서 갓난아이의 울음과 웃음소리가 들려왔다.

아파트살이가 대개 그렇듯 이웃은 사촌이 아니라 그저 옆집 사는 익명의 사람들이다. 다만 옆집 신혼부부나 나나 기본적 예의는 바른 이들이라서 엘리베이터 안에서 마주치면 반갑게 인사를 나누는 정도의 친분은 있었다. 싱크대와 화장실을 수리하기 전 옆집 초인종을 눌러 양해를 구한 적도 있고. 어느 날은 현관문을 열고 청소하다가 아들 집에 온 옆집 부부의 시어머니께서 아주머니들 특유의 친화력으로 리모델링한 우리 집 화장실을 구경하고 싶다고 불쑥 들어오시기도 했다.

덕분에 옆집 부부는 내가 혼자 살면서 어떤 일을 하는지 대략 알 것이다. 나도 옆집 부부가 어떻게 결혼했고 이사 오기 전 어디에 살았는지 딱히 궁금하지 않아도 알 수 있었으니까.

그 부부와는 5년 정도 이웃으로 지냈다. 세월이 흘러 옆집은 두 식구에서 네 식구가 되었다. 갓난아기가 옹알이를 하더니 혼자 걷기 시작하고, 말문이 트이더니 어느새 엄마 품에 안긴 동생을 보며 신기해했다.

첫째가 제법 개구쟁이티가 날 무렵, 옆집 신혼부부는 그곳을 떠났다. 소형 아파트에서 네 명이 살기는 여유롭지 않았을 것이다. 마침 출장을 다녀온 주말에 옆집이 이사를 가는 바람에 형식적으로나마 인사도 나누지 못했다.

그 아이나 신혼부부에게 나는 아마도 옆집 아저씨로 그들의 서사에서 흐릿하게 물러났을 테지만, 이상하게 나는 그들이 옆집에 살았다는 사실을 떠올릴 때가 있다.

서로 나이 차이가 별로 나지 않아 그랬을까. 아니면 엘리베이터에서 '할부지'라고 종알거렸던 아이에 대한 충격이 아직 가시지 않아서일까. 아무래도 그 아이가 나를 할부지라고 부르진 않았을 것이고, 내가 잘못 들었을 가능성이 크다. 그럼에도 가는귀먹는 게 노화의 시작임은 부인할 수 없다.

셀카용
DSLR

한때
DSLR 카메라 렌즈를
꽤나 모았다

펜탁스 FA50밀리미터
F1.4 단렌즈는
가격 대비
실내 인물 촬영의 최강자

펜탁스 유저들에게는
'여친 렌즈'
'아빠 렌즈'로 명성 높았지만

내겐
그저 좋은
셀카용 렌즈

흑

혼자이지만

취직하고 몇 해 지나 중고차를 사기 전까지 나를 괴롭힌 가장 큰 '지름신'은 디지털카메라였다. 그중에서도 DSLR(Digital Single Lens Reflex)로 불리는 디지털 일안렌즈 카메라. DSLR는 작품 사진을 찍을 수 있을 것 '같은' 느낌을 주기에는 충분했다.

문제는 가격이었다. 카메라 본체 외에도 기본 렌즈와 망원, 광각 렌즈를 비롯해 스트로보까지 제대로 갖추려면 몇백만 원을 호가했다. 수차례 고민하던 끝에 홈쇼핑에서 무이자 12개월로 파는 DSLR 세트를 보고 결국 카드를 긁고야 말았다. 덕분에 DSLR를 메고 종종 취재 현장을 다니면서 인터뷰 사진까지 찍던 시절, 사진부에서 농담 삼아 스카우트 제의가 올 정도였다.

DSLR의 재미는 렌즈를 바꿔 낄 때마다 같은 대상이라도 사진이 다르게 나온다는 점이다. 그래서 렌즈를 중고로 사고파는 사람들이 꽤 많다. 나도 몇 번 렌즈를 그렇게 구입했다.

그중 하나가 내가 가진 펜탁스 카메라를 쓰는 사용자들이 '아빠 렌즈' 혹은 '여친 렌즈'로 불렀던 FA50밀리미터 F1.4 단렌즈였다. 얼굴이 밝게 나오는 렌즈라, 아빠들이 아이들을 찍을 때나 남자가 여자 친구 얼굴을 찍을 때 특히 만족도가 높다고 해서 붙여진 애칭이다. 거리 조절이 안 되는 단렌즈라 일상에서 널리 쓰일 만큼 유용한 렌즈는 아님에도 수요가 적잖았다.

어렵게 그 렌즈를 구해 무척 흡족했지만, 그때 연애를 하던 후배 녀석에게 넘기고 말았다. '여친 렌즈'의 명성을 확인해볼 기회가 내겐 좀처럼 주어지지 않았기 때문이다. 녀석의 손에 들어간 렌즈는 그 성능을 유감없이 발휘했다. 렌즈 앞에서 미소를 짓던 녀석의 여자 친구는 결국 그 녀석과 결혼사진을 찍었다.

비록 그 렌즈로 내 자식은 고사하고 여자 친구를 찍어볼 기회도 없었지만, 렌즈의 성능을 확인하지 못한 것은 아니었다. 개인 SNS 계정에 올린 프로필 사진을 보고 가끔 사람들이 사진 잘 나왔다며 누가 찍어주었느냐고 묻는데 거저 얻은 게 아니다. 그 렌즈를 카메라에 물리고 집에서 홀로 셀프카메라를 찍으면서 얻은 결과다.

그런데 왜 내가 찍은
내 사진이 더 만족스러울까.
당연한 이유다.
스스로 만족스러운 사진이
나올 때까지
수십 장 수백 장
계속 찍기 때문이다.
지켜보는 사람이 없으니
주변을 의식할 필요가 없다.

듣기만 하는
이야기

모처럼
대학 때 사람들을
만났다

결혼 앞둔 후배가
청첩장 돌린다며
만든 자리

술잔이
정신없이
부딪히는 중

분위기가 무르익자
쏟아지기 시작하는
연애 후일담

언제 들어도
그저 듣기만 하는
이야기들

혹

혼자이지만

요즘 말로 '아재'임을 자각할 때가 '남녀칠세부동석'이란 말 자체를 잘 모르는 후배들을 볼 때다. 자라면서 그런 말을 들어본 적이 거의 없단다. 시대가 변하긴 변했나 보다. 하기야 초등학생 학부모인 지인들 이야기로는 아이들 사이에서 여자 친구, 남자 친구는 보통명사가 되었단다. 초등학생들에게 아이돌 그룹 아이콘의 「사랑을 했다」가 인기였으니 격세지감이다. 어린 녀석들이지만 사랑이 지나면 추억이 되는지 벌써 아는 걸까. 그 노래의 첫 마디는 이렇다. '사랑을 했다. 우리가 만나 지우지 못할 추억이 됐다.'

초등학생들도 추억으로 남기는 사랑이라지만 내가 대학에 입학했던 90년대 중반까지만 해도 연애는 대학에 가서나 할 수 있는 '무엇'이었다. 부모님들이나 선생님들은 대학에 들어가기 전까지 연애는 안 된다는 말을 입에 달고 사셨다. 대신 '좋은 대학'에 가면 누구나 연애를 할 수 있는 것처럼 세뇌하셨다. 청춘 드라마에서의 대학 도서관은 마치 눈빛만 마주쳐도 연애를 할 수 있는 곳으로 비쳤다.

하지만 연애야말로 각자도생이었을 뿐. 대학생이 되었다고 자동으로 할 수 있는 게 아니었다. 좋아하는 마음을 서로 말하고 상호 다른 이가 개입할 수 없는 관계를 만들기 전까지 한쪽의 일방적인 호감 정도만 있었다. 그런 짝사랑 후일담은 술자리 안줏거리로도 인기가 없었다.

다행인 건 대학 시절 한 사람만 좋아하지는 않았다는 것이다. 짝사랑에도 여러 과정이 있었다. 나름의 갈등과 번민과 배신이 있었으니 그 과정을 통해 연애에서는 결코 얻을 수 없는 경험을 얻을 수 있었다. 그게 딱히 자랑거리가 아님을 인정하기까지 꽤 짧지 않은 시간이 필요했다.

눈빛 몇 번 마주치고
편지를 쓰면
쉽게 연애할 수 있을 거란
기대는 일종의 망상이었다.

어차피
유유상종

결혼 앞둔
친구 만나
술잔 기울이며

옛 사연과 추억들을
들어주다 보니
어느덧 자정

막잔 마실 즈음
녀석의 한마디
"네가 제일 부럽다"

"뭐가?"

"잊어야 할 연애가 없잖아"

결혼은 한평생
절교는 한순간

훅

혼자이지만

주변 지인이나 친구들이 청첩장을 준다며 결혼 전에 만나 술잔을 기울이는 경험이 적지 않다. 개인적인 경험을 일반화할 수는 없으나 연애 경험이 남들보다 앞서 있던 이들일수록 취기가 오르면 말의 리듬이 마냥 늘어지기 시작하면서 꽤 진지한 표정으로 결혼을 앞둔 자신의 심정을 털어놓곤 했다.

대부분의 결론은 자신이 정말 결혼생활을 잘할 수 있는 사람인지 확신이 잘 안 선다는 것이다. 막상 결혼하려니 옛 애인이 생각나 혼란스럽다는 친구도 있었다. 첫 번째 여자 친구와 닮은 분을 기어이 찾아 결혼을 앞둔 경우마저 목격할 수 있었다.

그런 예비 신랑들의 취중 진담을 들어주다 보면 한편으로는 내게 속내를 털어놓는 것 같아 고맙기도 하고, 다른 한편으로는 자신들이 독거총각이라며 놀렸던 사람 앞에서 무슨 망발들인가 싶어 자리를 박차고 나오고 싶기도 했다.

그러나 그들은 홀로 자유롭게 사는 대신 기꺼이 더불어 살기를 결심한 이들. 그들의 선택을 존중하는 마음에 솟구치는 심술을 참으며 속으로만 이렇게 말하곤 했다.

'너만 그럴까? 어차피 유유상종일세.'

소개팅
남녀들

혹시
좋아하는
운동이 있나요?

등산이나
자전거 타기
걷기 좋아합니다

혼자서도
잘할 수 있는
운동들

소개팅
분위기가
나쁘지 않았는데

다시
연락이 오지
않았다

혹

혼자이지만

또래보다 소개팅을 많이 해보지는 않았어도 가장 늦게까지 소개팅을 한 처지이다 보니 소개팅에 관한 나름의 분석과 통찰이 생겼다. 소개팅에 나선 남녀는 대개 다음 네 가지 상황으로 정리할 수 있다.

① 첫 만남에는 별로 끌리지 않았지만 몇 번 만나다 보니 끌림
② 첫 만남에는 끌렸지만 만날수록 실망
③ 첫 만남부터 끌렸는데 만날수록 더 끌림
④ 첫 만남부터 별로 끌리지 않았고 만날수록 실망

연애를 목적으로 소개팅을 수락한 남녀이기에 만남 전에는 모두 ③을 기대한다. 그러나 소개팅을 많이 해볼수록 안다. 서로가 ③일 확률은 타인에게는 높아도 나에게는 높지 않다는 것을. 그러다 보면 ①의 상황도 감지덕지하지만, 만족할 때와 그렇지 않을 때를 구별하는 현명함 역시 누구에게나 있지는 않다.

개인적 경험과 지인들의 이야기를 종합해보면 보통은 한 명이 ①일 때 상대는 ④인 경우가 가장 많다. 소개팅에서 가장 좋지 않은 상황은 서로에게 각각 ②와 ③의 남녀가 만났을 때다. 소개팅으로 인한 불쾌한 기억이나 소개팅 무용론은 대개 ②와 ③의 만남에서 생겨난다.

서로에게 ④인 남녀가 우정의 관계로 발전하는 경우도 간혹 있다.

미운 정이란 게 들기도 해서다. 서로에게 이성적 감정이 들지 않는 만큼 일종의 남자 사람 친구, 여자 사람 친구의 관계를 안정적으로 유지할 가능성이 높단다.

연애의 목적이 결혼이라면 소개팅을 통해 서로 ①이었던 남녀가 만났을 때 결혼 확률이 가장 높았다. 서로 ③이었던 남녀는 의외로 연애에서 결혼으로 넘어갈 때 예상외의 고비들이 많단다. 그 고비를 넘기지 못한 채 헤어지는 경우도 있고.

마치 남의 이야기인 듯
적었더니 갑자기
가슴 한편이 아리고
쓰리다.

나
돌아갈래

1999년
개봉한 한국 영화
「박하사탕」

"나 돌아갈래"
영화 속
영호의 절규

살다 보니
영호만 그렇게
외치는 게 아닌 듯

축의금 낸 지
1년도
안 되었건만

흑

혼자이지만

결혼식은 본질적으로 서로에게 한평생을 함께하겠다고 공개적으로 약속하는 자리다. 신랑 신부에게 종교가 있다면 자신이 믿는 신 앞에서 이를 맹세하기도 한다. 딱히 종교가 없다 하더라도 한국에서는 전통적으로 백년가약을 기원한다.

우리 사회에서 결혼식을 부정적으로 바라보는 사람들은 공장 컨베이어 벨트에서 찍어내는 것처럼 형식적이고 과시적인 이벤트라고 폄하하기도 한다. 체면과 인간관계를 중시하는 우리나라 분위기에서는 결혼식이 당사자를 위한 축하의 자리라기보다는 신랑과 신부의 부모들이 자식들을 이렇게 잘 키웠다고 자랑하는 행사로 치러지기도 한다.

그럼에도 결혼식장에 들어가는 신랑과 신부에게는 일생의 떨리는 순간이라는 사실은 부정할 수 없다. 아무리 결혼식 자체가 일종의 '웨딩산업'으로 일정 부분 변질되고, 양가 부모들이 뿌린 축의금을 회수하는 행사라 해도 부부의 연을 맺은 당사자들에게는 또 다른 인생의 출발점이다.

술을 마시는 자리에서 우연히 영화 이야기가 나왔다. 한때 이른바 '시네필'이라고 자부하던 지인들이 모인 자리였다. 이런저런 영화들을 놓고 서로 평들이 오고 갔다. 그러다 하릴없이 '명대사' 타령까지 이어졌다. 결국 「스타워즈」에서 다스 베이더가 루크 스카이워커와 광선검 대결을 펼친 후 "아임 유어 파더(I'm your father)"라고 한 말이 영화사상 가장 명대사 아니냐며 갑론을박이 벌어졌다. 그때 유독 술을 많이 마셨던 지인 한 명이 손사래를 치며 말했다.

"「박하사탕」에서 영호가 한 말이 최고야. '나 돌아갈래!'"

술자리 처음부터 나보고 계속 혼자 살라고 하더니만……

결혼식 순간만큼은
오직 옆에 있는 배우자와
함께하는 삶만을
생각한다. 하지만
배우자와 함께 가는
인생이 물 흐르듯 순탄한
건 아닌 듯싶다.

살림의
기본

동네 마트에서
저녁거리로 산
제철 꼬막

계산원 아주머니가
"손님, 봉투 드릴까요?"
묻기에 고개를 저었다

살림의 기본은
봉툿값 같은
소액부터 아끼는 것

가방에서
휴대용 장바구니를
꺼낸 사람은

그 긴 줄에
또
나 한 명뿐

흑

혼자이지만

여성신학자 현경 교수는 '살림'을 사람을 살리는 일이라고 했다. 이십 대 후반쯤 그에 관한 이야기를 신문에서 읽고 살림을 180도 다르게 바라볼 수 있었다.

밥하고 빨래하고 설거지하고 집 안을 정돈하는, 그저 주부들의 일로 여기는 살림의 실체는 현경 교수의 말대로 사람을 살리는 일이었다. 아니, 살아가는 데 필요한 가장 기본적인 일임을 부인할 수 없었다.

이후 살림에 관해 내 나름의 철학이 생겼다. 최소한 살림을 하는 사람은 큰 죄를 짓지 않으리라는 생각과 내 몸 하나 살아가면서 가급적 남에게 수고로움을 주지 말자는 것이다.

살림을 하면서 세상이 유기체임을 느낄 때가 많다. 맛도 좋고 몸에도 좋은 식재료는 공장이 아닌 신선한 자연에서 나온다. 음식은 사람이 제아무리 기교를 부려도 신선한 자연이 만들어낸 재료 그 본연의 맛을 뛰어넘을 수는 없다. 옷이 빨리 더러워지는 이유는 대기오염과 무관하지 않다. 사소해 보이는 살림 하나하나가 세상과 다 연결되어 움직인다. 그래서 이 세상에서 살아가는 내 행동을 되돌아보게 된다.

자식들이 성장해 온전히 살아가는 이유도 어머니의 살림에 기댄 것이란 생각에 닿을 때 가끔 울컥하기도 한다. 살림이 실은 수고롭고 무의미하게 느껴지기도 하는 일이거니와 딱히 자아의 실현과는 별개일 수 있음에도 그걸 다 감내한 어머니의 시간. 그 청춘과 세월을 떠올려보면 마음이 편치 않다.

출근 전 세탁기에 예약 걸어놓은 빨래를 넣고 대충 집 안을 청소했다. 저녁은 꼬막무침과 홍합탕 재료를 사다가 설렁설렁 요리해서 한 끼를 해결했다. 온전히 누군가에게 기대지 않고 오늘을 보냈다. 무언가 성취하기 위해 매진한 하루는 아니었을지라도 삶의 밀도를 꼭꼭 채운 하루임은 틀림없었다.

혼자 살림한 날들이 어느 정도 쌓이다 보니 세상의 많은 문제들의 해결책 중 하나는, 최소한 살림을 할 줄 아는 사람을 키우는 교육이 될 수도 있겠다는 생각이 들었다. 스스로 밥을 짓고, 정리 정돈을 하는 살림 능력이야말로 사람이 성장하고 살아가는 데 갖춰야 할 기본임에도 정작 학교나 가정에서는 가르치는 데 소홀하다. 학부모인 지인들에게 수학능력시험보다 '살림능력시험'이 더 필요한 거 아니냐며 농담을 한 적도 있다.

다만 살림하는 사람이 되니 부작용이 없진 않다. 살림을 전혀 못하는 사람들을 보면 은근히 철부지로 여기는 마음이 든다. 내 싱글 라이프의 원인이 그런 마음들과 전혀 무관하다고는 말하지 못하겠지만.

준비된
신랑감

둘째 임신한 회사 후배,
주말마다 KTX 타고
친정 간다기에

KTX
임산부 할인 혜택을
아느냐고 물어봤다

처음 들었다며
미혼인 선배가
어떻게 알았느냐며

준비된
신랑감으로만
어언 10여 년째

기혼자들의
온갖 말씀이
얼마나 뇌리에 박혔으면

흑

혼자이지만

이십 대 후반부터 서른 초반까지 내게 누구를 소개해주겠다고 나서는 지인들이 드물었다. 반전이 생긴 건 서른 중반 이후부터였다. 배는 나오고 이마는 점점 넓어지면서 이른바 '역변'을 하고 있음에도 지인들이 이래저래 소개팅을 해주기 시작했다. 서울 강북의 조그만 아파트를 샀다는 소문이 퍼지면서다. 물론 그 소문의 진원지는 나였고 소문이 아니라 사실이었다. 대출을 꼈지만 내 집 한 칸 마련했다는 기쁨을 주체하지 못해 가까운 지인들에게는 으쓱거리며 자랑하기를 주저하지 않았다.

지인들은 나를 '준비된 신랑감'으로 소개했다고 한다. 그저 서울에 직장과 집이 있다는 이유에서. 결혼할 수 있는 외적인 조건은 갖춰졌는지 몰라도 내적으로는 철부지였던 터라 일종의 '맞선'을 기대하고 나왔던 분들에게 실망을 안겨드렸을 뿐이다.

결혼한 지인들을 보면 요즘 기준으로 준비가 되지 않은 상황에서도 가정을 꾸리는 경우가 드물지 않았다. 중학교 시절부터 가장 친한 친구는 월세 오피스텔에서 신접살림을 꾸렸고. 그 친구 외에도 안정적인 직장이 없더라도 평생의 반려자를 만나 장가를 가거나 시집을 간 지인들이 제법 있다. 그들은 나를 볼 때마다 결혼을 독려할 만큼 각자의 가정에서 행복을 느끼며 살고 있다. 미혼임에도 기자란 이유로 국가가 아이를 낳고 키우는 데 보태주는 게 별로 없다는 불만을 들어주는 게 내 몫이긴 하지만. 그래도 독신세 내라는 이야기만큼은 좀 참아주시면 좋겠다.

학부형
이미지

두어 번 뵌
출입처
부장님

법에 저촉되지 않는
추석 선물이라며
건네주셨다

괜찮다고 했지만
굳이
쥐여주신 것은,

　　　　　　　　　흰 봉투 안
　　　　　　　　　고이 담긴
　　　　　　　　　티켓 두 장

　　　　　　　　　누구랑
　　　　　　　　　가야 하나
　　　　　　　　　어린이 직업 체험장을
　　　　　　　　　　　　　　　　혹

　　　　　혼자이지만

어느덧 나는 부모님에게 장가도 못 간 골칫덩어리 장남 취급을 받고 있다. 마흔을 넘어서도 결혼할 낌새가 보이지 않아서다. 먹고사는 데는 별 어려움이 없지만 한국 사회에서 마흔 넘은 직장인은 으레 기혼자라고 여기는 경우가 많다 보니 곤란할 때가 생긴다.

통계를 보면 마흔 이후의 남녀 중에 미혼보다 기혼이 절대다수다. 따라서 사십 대에 특히 직장 업무로 만나는 사람들 가운데 미혼일 확률은 기혼일 확률보다 낮다. 그러니 대개 업무상 누구를 만나 이야기하다 보면 내가 결혼을 했을 거라 넘겨짚는 때가 많다.

서른 초반에 시작한 직장생활이 10년 차가 훨씬 넘은 지금, 주변에 기혼자들이 대부분인 상황에서 때때로 난감한 일이 발생한다. 결혼하지 않은 것이 마치 흠인 양 이야기하는 뒷담화의 현장에 있을 때도 있다. '웬만한 사람이라면 다 하는 결혼을 왜 그 나이 먹도록 하지 않았나?'를 놓고 설왕설래가 벌어지기도 하는데 남의 미혼을 놓고 이러쿵저러쿵하는 게 영 마뜩잖다.

사실 결혼 여부는 개인의 사생활에 관한 사안이다. 사생활이 존중받기보다 아직은 호기심의 대상인 게 우리나라 직장 사회의 현실. 다행히 가끔씩 개인의 사생활을 물어보지 않으시는 점잖은 분들을 만나기도 하지만 그분들 덕에 나는 가만히 있어도 유부남이 되고 혹은 학부형이 되기도 한다.

Part. 03

냥이를

키우며

살다 보니
불효자

저기 ○○네 집
아들이
출장 가서
색시를 만났다는데

넌,
왜
그런 재주도
없냐?

며칠 전
출장 가서
일 열심히 해라
한눈팔지 말고

이 문자는
대체
누가
보내셨습니까?

흑

냥이를

"나이 먹어서도 혼자 살면 어떻게 하냐?" 결혼 적령기가 지난 이후에 짝을 찾지 못하고 혼자 사는 이들이 매우 자주 듣는 말 중의 하나다. 주로 부모와 자식 간에 흔한 레퍼토리다.

이때 부모들이 유념해야 할 사실이 하나 있다. 자식들은 어렸을 적부터 부모를 보며 결혼생활을 무의식적으로 학습한다. 부부의 금슬이 좋을 경우와 그렇지 않을 경우 자식들에게 어떤 영향을 미칠지 각자 자신의 경험을 대입해보면 안다. 부부 금슬이 좋다고 해서 자식들이 결혼을 긍정하는 것만도 아니고, 나쁘다고 해서 결혼을 부정적으로 인식하는 것도 아니다. 하지만 대개 부부 금슬이 좋았을 경우 자식들이 결혼을 긍정적으로 바라볼 가능성이 크다.

기억을 더듬어보면 유년 시절 봤던 TV 드라마 속 다정한 부부 이야기를 보며 결혼에 대한 기대감이 한껏 부풀었다. 부모님이 못다 이룬 꿈을 나라도 이뤄보자는 소망에서다. 그 탓에 자연스럽게 이어질 인연이 끊어지거나 막상 선택의 순간에 주저한 적도 있다. 어느덧 이 사회의 결혼 적령기를 훨씬 넘어섰고, 자식의 인륜대사를 치르지 못한 부모의 불안한 마음을 가중하는 불효자 노릇을 하고 있다.

나를 세상에 내어주신 부모에게 효를 다하는 건 유교적인 전통의 한국 사회에서 성인에게 요구하는 필수적인 덕목이다. 막연히 부모에게 잘하는 것으로는 우리 사회에서 말하는 효를 설명하기에 부족

한 듯 찔리는 구석이 있다.

부모로부터 독립해 혼자 산 기간이 길어지고 결혼에 대한 강력한
동기유발 요인이 갈수록 약해지는 상황에서 앞으로도 불효자로 살
아갈 확률이 계속 높아지고 있다. 그래도 일상을 소중히 여기며 괜
히 스스로를 방임하거나 주변에 휩쓸리지 않으려 노력한다. 부모들
이 날마다 바라는 건 결국 자식의 무탈한 하루임을 혼자 산다고 해
서 모르지 않는다.

냥이틀

부모 생전에
결혼식을 올리고
손주를 안겨드리는 것이
효의 가시적인 실천으로
여겨지기도 한다.

축하받은
날

평소 별말 없으신
아버지로부터
장문의 문자가 왔다

'생일 축하한다
요즈음 나는 네가
나이를 더해가는 것이
마냥 두렵다

네가 결혼 못 하는 것이
그 책임의 일부가 부모에게
있는 것 같아 괴롭구나

하루속히
이상적인 짝을 만나
가정을 이루어
나와 네 엄마의 근심을
덜어주기를 바란다'

흑

냥이를

별다른 이유 없이 1년에 한 번 축하를 받는 날, 생일이다. 평범한 가정에서 태어난 대부분의 사람들에게 생일은 자신의 생애 처음 '축하받는 경험'일 것이다. 생일이 의미가 있는 건, 어떤 일의 결과와 상관없이 그저 그날 태어났다는 이유로 누군가로부터 '축하'라는 정서적 지지를 받은 첫 번째 기억이기 때문이다.

유년 시절의 어느 날, 부모님은 내 생일이라면서 특별히 더 맛있는 저녁을 차려주셨다. 어린 마음에 그날에는 모든 식구들이 나를 위해 하루를 보내야 하는 양 당연하게 생각했다. 어느 정도 커서야 부모님에게도 생일이 있다는 것을 알았다. 하지만 자식들은 자신의 생일보다 부모의 생일을 먼저 알지는 못한다. 부모가 먼저 내 생일이라며 어린 자식에게 축하를 해달라고 하시기 전에는.

사실 생일은 본인보다 부모에게 더 각별하다. 부모가 생일을 기억하지 못한다면 어린아이가 생일을 알 수 있는 방법은 없다. 아이는 자신이 태어난 순간을 떠올려봐도 기억이 날 리 만무하다.

하지만 부모는 다르다. 자신의 아이가 첫 울음보를 터뜨려 이 세상에 왔음을 알렸던 순간을 잊지 못한다. 게다가 어머니는 처음 자신의 배 속에서 나온 작은 생명체가 현실의 시공간과 접촉한 그때를 오롯이 기억한다. 그날은 어머니의 일생 중 그저 흘려보낸 숱한 하루 중 하나가 아니라 오직 그날 자체로 존재한다.

한국 나이로 마흔한 살을 맞이한 생일, 평소처럼 일을 하고 퇴근 후에 부모님 댁으로 왔다. 몇 달 만에 뵌 어머니는 미역국을 차려놓고 기다리고 계셨다. 식사를 마치고 아버지와 어머니가 불러주시는 생일 축하 케이크의 촛불을 껐다. 아버지는 축하한다며 별다른 말씀 없이 어깨를 몇 번 두드리시고는 이내 방으로 들어가셨다. 어머니는 후식을 내어주신 다음 앉아서 잔소리를 시작하셨다. 한 귀로 듣고 한 귀로 흘리다가 주무신다기에 겨우 자리를 벗어날 수 있었다.

이십 대와 삼십 대 중반까지만 해도 생일은 부모님보다 친한 지인들, 혹은 연인이 축하해주는 날이었다. 그 탓에 젊은 날의 생일 중 어느 해는 기분이 가라앉았거나 서운한 감정에 휩싸인 적도 더러 있었다. 부모님 외에 축하를 받지 못했을 때였다.

오늘도 기분이 가라앉았거나 서운한 감정에 휩싸일 만한 생일을 맞이했지만 그래도 한 살 어릴 때보다 감사한 마음이 생겼다. 나는 결코 기억할 수 없는 내 인생의 순간들을 기억해주시고 해마다 생일을 챙겨주신 부모님. 두 분의 축하를 마흔이 넘은 올해도 받았다.

냥이를

어느덧 내 주변에는 자신의 생일날 기뻐하기보다 부모의 기일을 떠올리며 가슴으로 우는 이들이 많아지고 있다. 하지만 나는 여전히 부모님에게 생일상을 받는 자식이다. 마흔 넘어 장가도 못 가고 있다고 축하 대신 잔소리깨나 들었지만 그 잔소리를 해마다 듣고 싶다는 바람이 간절해졌다.

집사생활
시작

혼자 사는 게
외로워
고양이를 키운다고요?

남의 SNS
고양이 사진에
고개가 갸우뚱

감히 동물 주제에
인간을
집사로 부리다니

어느덧
만물의 영장, 인간이
고양이 밥을 챙겨주려고
아침 일찍 눈을 뜬다

흑

집에서 키우는 강아지나 고양이를 마치 자식처럼 여기는 지인들이 주변에 더러 있었다. 동물을 싫어하진 않았지만 그렇다고 키우고 싶을 정도로 좋아하지도 않았다. 부모님도 다른 어린 생명에 애정을 기울이시기엔 아들 둘만으로도 일상이 벅차셨을 것이다. 나와 동생도 어렸을 적 동물을 키우겠다고 부모님께 투정을 부려본 적이 없다.

이렇다 보니 사람도 아닌 동물을 서슴없이 '우리 집 막둥이'라 부르며 반려동물을 자랑하는 주변 지인들의 모습을 볼 때마다 대부분 '영혼 없는 맞장구'로 대응해왔다. 하지만 시큰둥한 반응에도 반려동물을 키우는 지인들은 아랑곳하지 않고 스마트폰에 담긴 강아지와 고양이 사진을 보여주며 동물과의 교감을 상세하게 전했다. 반려동물과 함께하는 일상 덕분에 삶 자체가 달라졌다며 마치 선교사 같은 열의로 내게 반려동물 키우기를 전도하는 이들도 있었다.

사람은 배신해도 동물은 배신하지 않는다는 말은 너무 흔했다. 살면서 이해타산에 찌들어버린 인간과의 관계보다 동물과의 교감이 더 순수할지니 강아지나 고양이에게서 정신의 안정과 위안을 찾는 게 더 낫다는 고백도 들었다. 영혼의 반쪽을 군이 인간에게서만 찾지 말라며 사람에게 솔메이트(soul mate)는 오히려 동물일 가능성이 높다는 증언도 있었다. 그런 말을 들을 때마다 반려동물에 비교당하고 있는 그분들의 반려자들을 떠올려보기도 했다. 그들은 주로 남편이라 불리는 반려자들이었다.

몇 해 전 이별을 경험한 후에는 꽤 오래 연애할 마음이 생기지 않았다. 마음이 허해진 순간 반려동물을 키우던 지인들의 전도 효과가 살아나기 시작했다. 한 귀로 듣고 한 귀로 흘렸던 그들의 숱한 간증들이 마음속에 묘연^(고양이 묘 貓 인연 연 緣) 씨앗을 뿌려놨던 것이다.

사실 반려동물을 키우기로 결심한 가장 큰 이유는 생명에 대한 책임이 어떤 느낌인지, 다른 생명을 부양하고 먹여 살리는 게 어떤 무게인지 대리 체험해보고 싶어서였다. 혼자 있다고 해서 절절하게 외로워하거나 심심해하지 않는 성격이라 많이 고민했다. 반려동물을 키우면 아무래도 주말이나 휴가 때 어디를 가더라도 혼자 살 때처럼 훌쩍 다녀올 수 없을 테니까.

그런데 특히 식구에 대한 책임을 늦어도 사십 대에는 감당해봐야한다는 내면의 목소리가 크게 들렸다. 성인이 되어 나 외에는 책임을 지지 않는 삶의 얄팍함이 슬슬 콤플렉스로 다가오기 시작했다. 식구의 끼니를 걱정하지 않고 떠드는 내 이야기들이 조금은 공허하게 느껴졌다.

바로 반려동물을 입양하지는 않고 2년 정도 고민에 고민을 거듭하며 강아지보다는 고양이를 키우는 게 낫다고 판단했다. 고양이 카페에 가서 나와 고양이가 잘 어울리는지 살펴보기도 했다. 동네 길고양이들을 찾아 먹이도 챙겨주며 한시적이지만 '캣대디' 역할도 해봤다. 마음의 준비를 마치고 유기된 고양이를 입양해 키우고자 여러 입양 사이트를 들락거리다가 송이와 묘연이 닿았다.

지금 함께 살고 있는 고양이 송이는 페르시안 친칠라라는 품종묘다. 송이는 고질적인 피부병이 있어 계속해서 약을 먹여야 하고 정기적으로 병원에 데려가야 한다. 새벽에 우는 바람에 잠을 설친 적도 여러 번이다. 주말 아침 늦잠을 자려 해도 녀석이 야옹거리는 소리에 깨어 밥을 차려줘야 한다. 여행이나 출장을 갈 때 녀석을 돌봐야 할 사람이나 거처를 구하는 것도 쉬운 일은 아니다. 고양이 나름대로 의사소통을 위해 곧잘 야옹거리는데 그 울음소리가 언제나 정겹지는 않다. 꼬리를 보면 고양이 기분을 알 수 있다고는 하지만 녀석이 먼저 내 기분을 헤아려주지 않는다.

그럼에도 송이가 어느덧 식구처럼 느껴지기 시작했다. 같이 밥을 먹는다는 의미에서 비롯된 식구라는 개념처럼 같은 식탁에 앉아 밥을 먹지는 않지만, 녀석의 밥을 내가 챙겨주니 넓은 의미에서 우리는 식구가 맞다. 식구를 먹여 살리기 위해 일을 하는 삶, 녀석 덕분에 10분의 1 정도는 체험하고 있다. 송이를 키우기 시작하면서 식구를 부양하고 사는 이들의 삶을 조금은 더 이해할 수 있었다. 부모님의 젊은 날을 한층 더 깊이 존경하게 되었다.

불금의
통화

어디냐?
-집이에요

벌써?
-네

뭐 하니?
-쉽니다

불금에 놀아야
누구라도 만나지

내일은 뭐 하냐?
-당직 섭니다

불타는 금요일
누군가의 속은
타들어가고

혹

냥이를

어머니가 즐겨 보시는 TV 프로그램 중에 「미운 우리 새끼」라는 예능이 있다. 결혼 적령기가 지났음에도 혼자 살고 있는 남자 연예인과 그의 어머니들이 나오는 프로그램이다. 대중들 앞에서는 무대를 휘어잡는 톱가수, 천의 얼굴로 관객들을 사로잡는 배우, 깔끔한 이미지의 개그맨이었지만 집안에서는 결혼을 안 하거나 못 해 골칫덩어리 취급받는 남자 연예인들의 일상을 그들의 모친들이 지켜보며 대화를 나눈다.

어머니께서 이른바 '미우새'를 시청하시는 이유는 '자신의 이야기'라며 감정이입을 하실 수 있기 때문이다. 어머니에게도 노총각 아들이 있고, '미우새'에 나오는 연예인 모친들과 연배가 비슷하니 자신의 이야기 같다고 하신다. 뉴스나 종교 채널, 홈쇼핑 외에는 거의 TV 시청을 하지 않는 어머니시지만 유독 '미우새'만큼은 방영 시간을 기억하고 챙겨 보시는 듯하다. 전화를 드리면 출연자들의 스토리를 꺼내며 "너도 바깥에선 저러고 다니냐?"며 넌지시 확인하실 때도 있다.

정작 나는 '미우새'를 제대로 시청한 적이 없다. 집에 TV를 없앤 지 몇 년 되었다. 한때 연예부 기자를 하면서 지겹도록 TV를 보고 기사를 썼던 탓에 예능 프로그램이나 드라마도 멀리한다. 어머니께서 '미우새'를 본다고 하셔서 맞장구나 칠 요량으로 인터넷에서 관련 기사 몇 개를 읽어본 것이 전부다. 다만 몇 해가 지나도록 어머니가 즐겨 보시는 프로그램이 아들 장가 못 가 속상해하는 엄마들의 신세 한탄을 보여주는 프로그램이라는 것만큼은 확실하게 알고 있다.

'미우새'에 출연한 개그맨이 클럽에 가서 억눌렸던 끼를 늦게나마 발산하는 내용이 방영된 이후 어머니께 전화가 왔다. 어머니께서 대뜸 '불금'에 뭐 하냐고 물으셨다. 퇴근 후 바로 귀가해 쉬던 중이라 말문이 잠시 막혔지만, '불타는 금요일'의 줄임말인 '불금' 같은 단어를 일흔 넘은 어머니께서 알고 계신다는 사실이 신기했다. 나중에 알고 보니 개그맨이 클럽에 간 날이 '불금'이었다고 한다.

이후 간간이 불금마다
거시는 전화에
늘 같은 답으로 일관하는
아들 탓에 어머니의 속이
얼마나 타들어갔는지,
내가 정확히 알 길은
없다.

전셋집
추억

전세로 살던
방1칸, 거실 겸 주방의
원룸형 소형 아파트

집을 보러
신혼부부인 듯한
젊은 커플이 왔다

서로 두 손 꼭 잡고
둘러보더니
여자가 물었다

"둘이 살기에 좁진 않지요?"

최대한
친절한 목소리로
"혼자 살면 넓습니다"

혹

냥이블

대학교 3학년 무렵, 옆 단지 아파트로 이사했다. 그때는 날마다 술을 마시고 취해서 집에 갔다. 늦가을 어느 날에도 잔뜩 술에 취해 버스 막차를 탔다.

귀소 본능은 남아 있어 동네까지 우여곡절 끝에 찾아왔다. 익숙한 아파트 현관, 열쇠로 현관문을 여는데 열리지 않았다. 술김에 쾅쾅 문을 두드리기 시작했다. 낯선 중년 아주머니가 문을 열고 나오더니, 무슨 일이냐고 묻는 표정을 보고서야 비로소 깨달았다. 이 집이 내 집이 아니구나. 어찌나 부끄럽던지 꾸벅 인사하고 계단으로 뛰어 내려갔다. 이사했다는 것을 깜빡하고 전에 살던 집으로 갔던 것이다.

그 일이 있은 지 며칠 후에도 만취하여 동네로 왔다. 이번엔 실수하지 않겠다며 정신을 부여잡고 아파트 현관까지 도착했다. 비몽사몽간에 초인종을 눌렀는데 기분이 이상했다. '또 잘못 왔나' 싶어 '아차' 하던 순간 문이 열렸다. 돌아보지도 않고 꾸벅 인사하자마자 다시 계단으로 뛰어갔다. 잠시 후 휴대전화가 울렸다. 어머니였다. "집에 안 들어오고 왜 뛰어가냐?"

어느덧 삼십 대 초반, 원룸형 아파트 전세에서 탈출해 그 동네 다른 아파트 단지에 집을 마련했다. 이사를 하고 한동안은 만취하지 않기 위해 꽤나 긴장했다. 전에 살던 원룸형 아파트 전셋집 세입자로 어깨에 문신한 아저씨가 들어왔기 때문만은 아니고.

나도
이제 안다

아빠 됐다고
　자랑하던 친구 녀석이
　한때 부럽기는 했었다

"배 위에 내 아이
　재우는 기분
　너는 모를 거다"

오늘도
배 위에 냥이 녀석
내려올 생각 않네

흑

　　　　냥이툴

고양이는 강아지와 달리 애교가 없다고 알려져 있다. 하지만 고양이도 성격이 제각각이라 애교가 없다고 단정하기는 어렵다. 특히 몇몇 품종묘는 강아지 못지않게 사람을 따르고 애교를 잘 부린다. 고양이 키우는 사람들 사이에서 애교를 잘 부리는 고양이를 일컬어 '개냥이'라 부르는데 송이가 바로 개냥잇과 고양이. 즉, 개처럼 사람을 쉽게 따르는 성격의 고양이였다.

입양 온 후 어느 정도 우리 집에 익숙해지자 송이는 나름의 애교를 부리기 시작했다. 집 안에서 내 주위를 떠나지 않고 쫓아다니며 빤히 바라보는 건 기본이고, 내가 책상 앞에 앉아 책을 읽거나 일을 하다 보면 어느새 옆에 와서 야옹거리며 같이 놀아달라고 칭얼댔다. 소파나 침대에 누워 있으면 마치 내 배가 자신의 침대인 양 자연스럽게 올라와 내 얼굴을 마주 본 채 웅크리고 앉았다. 그때마다 쓰다듬거나 콧등을 만져주는데 녀석은 그런 단순한 스킨십에도 지극히 만족하며 이른바 '골골송'을 부르다 잠들곤 했다.

오늘 아침에도 송이는 밥 달라는 듯 침대 옆에서 야옹 하면서 내 배 위로 올라와 주저앉았다. 평소에 보던 행동이었기에 별생각 없이 쓰다듬어주다가 문득 한 친구가 떠올랐다. 아이를 배 위에 올려놓고 잠들 때의 기분이 어떤지 아느냐고 은근히 자랑하던 녀석. 아이가 아빠 배 위에서 세상 걱정 없이 잠들어 있고, 아빠가 아이 호흡에 맞춰 함께 숨 쉬어보는 그 기분은 결혼한 사람만이 느낄 수 있는 행복이라고 했다. 송이가 배 위에서 잠든 모습을 보니 아빠만이 느낄 수 있다는 그 행복을 어렴풋이 가늠할 수 있었다. 아빠들의 배가 왜 푹신하고 넉넉해야 하는지도.

자식
자랑

결혼한 지인들의
아이들
유치원 재롱잔치 사진

SNS에 올리고
스마트폰에 담아 보여주며
자랑에 여념 없다

부모님 댁 가면
내 어렸을 적 사진
스캔해 와야겠다

부모님 젊으실 때
못 했던 자식 자랑
이제라도 대신 하련다

흑

초등학교 2학년 초반까지 서울 서대문구 북아현동에서 살았다. 나에게 북아현동은 유년 시절의 고향 같은 동네이고, 부모님에게는 신접살림을 꾸리고 아이를 낳아 초등학교 입학할 때까지 키웠던 신혼의 동네였다.

지금 생각해보면 빈부 격차가 꽤 있던 곳이었다. 북아현3동 동사무소가 있는 안산 자락 능안 마을 인근에는 대기업 회장님들의 으리으리한 저택들이, 추계예술대학 뒤편 언덕에는 정원 딸린 집들도 많았다. 그 위로는 다닥다닥 붙어 있던 슬레이트 지붕의 단층집들이 자리를 잡았다. 부모님은 그 동네 중턱에서 좋게 말하면 슈퍼마켓, 정확하게는 구멍가게를 하시면서 한동안 생계를 꾸리셨다.

구멍가게에서 나오는 돈이 빤했음에도 부모님은 나를 성당 부설 유치원에 보내셨다. 동네 아이들 가운데 유치원에 입학한 아이는 나뿐이었다. 노란색 호빵 모자를 쓰고 노란색 유치원 가방을 메고 걸어서 다녔다. 유치원에서는 달마다 생일잔치를 공동으로 열었고 소풍과 견학도 자주 갔다. 연말에는 재롱잔치를 열어 부모님 앞에서 춤을 추고 노래했다. 나중에 어려운 살림에 유치원은 왜 보내셨느냐고 어머니께 여쭤보니 유치원 가는 모습을 동네 사람들에게 은근히 자랑하고도 싶으셨단다.

그 시절 기억이 아직까지 뚜렷하게 난다면 내가 학창 시절에 암기 과목에서 전전긍긍할 리가 없었을 것이다. 유치원 시절의 모습을 다소나마 떠올릴 수 있는 건 유치원생인 아들의 모습을 잔뜩 사진으로 찍어놓은 부모님 덕분이다. 가끔씩 가족 앨범을 열어보면 그 시절 어린 나는 사진 속에서 개구쟁이처럼 웃고 있거나 여자 짝꿍 옆에서 부끄러워 얼굴을 붉히고 있다. 한복을 곱게 차려입고 무대에 올라 꼭두각시 춤을 추고 있는 꼬마도 보인다.

어릴 적 사진들은 세월이 흘러도 그 시절을 담고 있다. 사진 속의 꼬마가 어느새 그 꼬마를 찍던 부모보다 더 나이를 먹었다. 내가 부모님 입장이었으면 어땠을까, 하고 생각해본다.

없는 살림에 굳이
무리해가며 자식을
유치원에 보내려 하지는
않았을 텐데, 하는 생각을
결혼한 지인들에게
털어놓으면 열에 여덟은
한결같은 반응을 보인다.
네가 아직 자식을 키워보지
않아서 그렇다고.

고양이도
아픕니다

늦장가 가서
두 아이의
아빠 된 선배

얼굴에
수심이 가득하여
안부를 묻는다

막내가
독감이라
병원 다녀왔단다

"넌 좋겠다
애 데리고
병원 갈 일 없어서"

선배
동물병원도
병원입니다

고양이도
종종 아픕니다

흑

냥이를

송이의 품종은 페르시안 친칠라다. 풍성한 털과 우아한 자태를 지닌 데다 성격이 조용한 편이라 고양이를 기르려는 사람들에게 인기가 높은 품종이다. 품종묘를 키우기 위해서는 아무래도 돈을 주고 동물병원이나 분양센터 등에서 입양을 해오는 경우가 많아서 길고양이 중에서 보기는 어렵다.

하지만 송이는 경기도 고양 일산의 상가 건물에 유기되어 길고양이들의 텃세에 만신창이가 되었던 품종묘였다. 인근 동네에서 고양이를 키우는 분에 의해 구조되었다. 이후 치료를 받고 결국 우리 집까지 와서 나의 첫 반려동물이 되었다. 송이를 데리고 올 때 송이를 돌봐주셨던 분께서 미리 말씀을 주셨다. 송이가 피부병을 앓고 있는데 병원에서도 정확한 원인을 찾지 못했다고.

우리 집에 와서 한동안 별 탈 없던 송이는 몇 주 지나고 나서부터 과도하게 자기 살을 물어뜯기 시작했다. 그 탓에 목덜미를 비롯해 여러 군데에서 상처가 나고 발진이 났다. 처음에는 시간이 지나면 사라지겠거니 하며 대수롭지 않게 여겼다. 하지만 점점 증세가 심해졌다. 어떻게 해야 할지 몰라 난감해 결국 몇 년간 연락 한 번 하지 않았던 후배의 동물병원에 송이를 데리고 갔다.

후배는 송이의 상태를 보더니 어떻게 데려왔느냐고 먼저 물었다. 길고양이와 유기된 고양이를 돌보는 인터넷 모임을 통해 데려왔다고 했다. 후배는 품종묘 중에 유기된 고양이는 고질병을 앓고 있을 확률이 높다고 했다. 진단 결과 송이는 일종의 아토피 피부염이었다. 몸의 면역 상태나 사료에 영향을 받아 증세가 심해졌다 가라앉기를 반복하는 증상이란다. 주기적으로 투약하고 검증된 사료를 먹이는 것 외에는 완치 방법을 찾기 어렵다고 했다. 또 자주 털을 깎아주는 게 녀석의 간지러운 증상을 그나마 완화할 수 있을 뿐이라고 덧붙였다.

고양이도 사람처럼 병이 나고 아플 때마다 병원에 가서 제대로 된 진단과 치료를 받는 게 중요하다. 말 못 하는 동물이라고 고통을 모르지 않으니 사람이 더 챙겨줘야 한다. 이제 송이를 데리고 동물병원에 가는 일은 내 생활에서 자연스러운 일 중 하나가 되었다. 그 덕에 나는 '송이 보호자'라는 이름도 얻었다. 동물병원에서는 환자와 보호자의 이름이 함께 불리니까.

개와 고양이들이 서로의 목청 자랑을 하는 동물병원에서 처음 "송이 보호자님 들어오세요"라는 말을 들었을 때 순간 사방이 묵음 처리되는 듯한 느낌을 받았다.

냥이를

'송이 보호자'라는 말의
의미와 무게감을 정작
송이 녀석은 알 리 없지만
나는 그제야 비로소
반려동물과 함께 사는
삶이 무엇인지 깨달았다.
결혼한 선배들이
아픈 자식을 데리고
병원에 가서 의사 선생님을
만날 때 어떤 심정일지도.

키높이
구두

지난 주말
집에 갔을 때

어머니께서
홈쇼핑 카탈로그를
펼쳐 보이셨다

'남자의 자신감이
달라집니다
키높이 구두'

흑

냥이를

유년 시절에는 키가 작은 편이 아니었다. 초등학교 사진을 보면 또래 녀석들보다 왜소해 보이지 않는다. 오히려 나보다 큰 친구들보다 작은 친구들이 더 많을 정도였다. 키 순서대로 서는 아침 운동장 조회 때도 앞쪽보다는 적어도 중간에는 서 있었다. 부모님께서 자식들 먹을 것을 아껴야 할 정도로 살림살이가 어렵지도 않았다. 덕분에 안정적으로 무리 없이 자랄 수 있었다.

문제는 또래 친구들이었다. 초등학교 시절 나보다 작았던 친구들이 중학교에 입학하여 질풍노도의 사춘기에 접어들면서 신체적 발육 속도도 빨라지기 시작했다. 1년 동안 10센티미터씩 키가 크는 친구도 있었다. 중학교 3학년 무렵에는 나보다 키가 큰 여자아이들을 보는 일도 어렵지 않았다.

고등학교에 들어가서는 키 크기 위한 경쟁이 붙었다. 농구가 키 크는 데 좋다며 쉬는 시간마다 농구공을 붙잡고 운동장으로 뛰어나가는 녀석들이 있었다. 하루에 우유를 1리터나 마신다는 녀석들, 키 크는 한약을 먹는다고 자랑하는 녀석들까지. 하지만 눈에 보이는 신체적 성장보다는 눈에 보이지 않았던 정신적 성장에 여념이 없던 나로서는 크게 개의치 않았다. 키 커봐야 군대 가면 의장대에 끌려가고 늙어서는 관절염에 고생한다며 속으로 은근히 무시하기도 했다.

당사자는 자신의 키에 대해 콤플렉스 같은 게 없지만, 노총각 아들을 바라보는 어머니의 심정은 다른 듯하다. 요즈음 애들보다 키가 크지 않아서 행여 이성에게 인기가 없는 거 아니냐는 게 어머니의 잦은 염려. 현재 나의 신장은 대한민국 고등학교 3학년 남학생보다 크지 않다. 교육부가 2017년에 진행한 건강검진 결과에 따르면 고등학교 3학년 남학생의 평균 키가 173.5센티미터.

그러나 시간을 되돌려 1970년대 후반으로 가면 이야기가 달라진다. 1979년 한국의 20세 남성 평균 키는 167.7센티미터였다. 세월이 다소 흘렀다고는 해도 그때 기준으로 보면 나는 오히려 평균보다 큰 신장의 남성이다. 게다가 한국의 20~30대 여성 평균 키가 160센티미터 초반으로 올라선 건 2000년대 이후 일이다. 그러니 키가 결혼의 장애물이라면 나보다 작은 남성들은 어떻게 장가를 간 거냐는 반박을 드린다.

그러면 어머니는 거의 같은 말씀을 반복하시며 혀를 차신다.

"키가 커야 옷 태가 나."

부모
마음처럼

퇴근 후
현관문 여는데
아이 울음소리

뭐지?
깜짝 놀라
두리번두리번

고양이와
산 지
일주일째

아직도
익숙지 않은
내 냥이 울음소리

혹시나
아파트에
소문나진 않겠지

저 집 아저씨가
애 혼자 놔두고
출근한다고

                              흑

냥이를

두 살 터울의 동생이 초등학교에 입학하자 어머니는 아버지를 도우러 다시 가게에 나가셨다. 졸지에 맞벌이 가정의 아이가 되었다. 어머니는 시간을 정해놓고 집으로 전화를 하셨다. 초등학생의 나는 그 전화를 받아야 동네 친구들과 놀러 나갈 수 있었다. 아직 남아 있는 기억을 떠올려보면 어머니는 전화를 할 때마다 밥을 잘 먹고 있는지, 동생이랑 싸우지는 않았는지 매번 물어보셨다.

어린 마음에도 형이란 책임감으로 어머니가 시키는 대로 잘하고 있다고 생각했던 터라 어머니 전화를 볼멘 목소리로 받곤 했다. 사실 어머니는 다정다감하게 말씀하시기보다 '행여 무슨 일이 있을까' 하는 염려 탓에 잔소리가 더 많으셨다. 따로 돌봐주는 어른 없이 어린 두 자식을 집에 놔두고 생계를 꾸리기 위해 가게로 나가야 했던 어머니의 마음을 그 시절 내가 알 리 없었다.

송이를 입양한 다음 날, 출근길에 이런저런 걱정을 들고 나왔다. 익숙하지 않은 집에 홀로 남아 종일 있어야 할 녀석의 심정을 내가 정확하게 알 수는 없어도 염려는 내 몫이었다. 혹시나 몰라 라디오 볼륨을 낮게 해놓고 탁자 위 스탠드 하나를 켜놓고 나오긴 했는데 녀석이 불안해하거나 어디 올라가 뭐라도 떨어뜨려 다치지는 않을지, 신경이 쓰였다.

그렇다고 일을 하면서 내내 녀석 생각을 한 것은 아니었다. 어떤 생명이 집에 들어오건 말건 나의 일상은 반복되었다. 다만 틈틈이 인터넷을 통해 고양이 키우는 데 필요한 정보를 찾아봤다. 어젯밤에 찍은 녀석의 사진을 휴대전화에서 꺼내 보기도 했다. 눈에 밟힌다는 말이 어떤 의미인지 조금은 알 듯싶었다. 녀석 걱정을 억누르며 별일 없겠지, 스스로 다독였다.

집에 돌아오니 송이는 나를 모른 척하다가 다시 다가와 콩콩거리더니 자기 할 일을 했다. 어느새 적응을 했는지 마치 이 집에 살았던 양 천연덕스럽게 돌아다녔다. 몇 번 쓰다듬어주고 놀아주었지만 녀석은 베란다로 도망치듯 멀어졌다. 아기 울음소리 같은 소리를 내다가 이내 조용해졌다. 책상에 앉아 노트북을 펼치니 그제야 곁으로 와서 한 번 쓱 쳐다본 다음, 무심한 척 꼬리를 꼿꼿이 세우며 방으로 들어갔다.

30여 년 전 어머니와 아버지께서 하루의 고된 장사를 마치고 어린 자식 둘이 있는 집으로 돌아왔을 때 모습이 떠올랐다. 나와 동생은 꾸벅 인사를 하고는 다시 각자 가지고 놀던 장난감이나 TV 시청에 열중했다. 부모님도 무탈하게 하루를 보낸 자식들을 보고 안도하면서도 서운하셨을 것이다.

녀석 덕분에 수십 년 만에 불현듯 떠오른 장면들. 나와 동생이 부모님의 마음을 알아차리고 살갑게 맞이했더라면 좋았을 테지만 그런 기억은 영 떠오르지 않는다. 괜히 부모님 생각에 마음 한구석이 애련해지니 고양이가 요물이지만 영물이라고 하는 이유도 알겠다.

송이의
과거

음악 소리에
반응 없던
냥이 녀석

갑자기
귀를 쫑긋하며
듣는 척

그저
우연의
일치였나

라디오에서
흘러나온
노래는

하필
서영은의
「혼자가 아닌 나」

냐옹~

흑

냥이를

함께 살고 있지만 송이의 과거에 대해 아는 게 거의 없다. 언제 태어났고 어디서 자랐으며 어떤 이들의 손길을 의지하며 살았는지 알 방법이 없다. 집에서 키우는 고양이로 인기가 높은 이른바 품종묘였음에도 유기되어, 길고양이들에게 상처를 입은 채 상가 구석에 숨어 있었다는 것 정도만 안다. 다행히 마음씨 고운 분이 구조해 몇 번의 우여곡절 끝에 우리 집에서 살게 되었다.

송이의 기억에는 과연 어떤 이들이 각인되어 있을까. 고양이도 사람을 알아본다고는 하지만 그 기억력이란 게 과학적으로 정확하게 증명된 것은 아니다. 분명 녀석을 따스한 손길로 쓰다듬었던 사람은 나 외에도 많았을 것이다. 녀석이 새끼였을 때부터 유기당하기까지 몇 해 동안 어떤 이에게는 일상에서 기쁨을 안겨주던 소중한 존재였을 것이다. 지금의 내가 그렇듯 누군가는 송이가 눈에 밟혀 출근길이나 등굣길에 애를 태웠을 것이다. '어떤 사료를 사다 줄까? 행여 어디 아플까?' 하며 고민하고 조마조마한 마음으로 녀석을 떠올렸을 것이다.

만약 송이가 그때의 기억을 가지고 있다면 지금의 상황은 어떻게 받아들이고 있는지 궁금하다. 인간과 달리 언어로 사고하지 않을 고양이는 자신을 버리거나 방임한 그 누군가를 구체적으로 기억하고 있지 않을 것이다. 고양이도 꿈을 꾼다니까 이미지로는 남아 있을 수 있겠다. 그 이미지가 혹시라도 나의 어떤 모습과 닮지는 않기를 바라지만 이는 영원히 확인할 수 없는 일이다.

무구한 듯 빤히 쳐다보는 송이의 눈길은 녀석만 특별히 그런 것이 아니다. 집 안에서 사람의 손을 탄 고양이들은 주인이 귀가하면 졸 졸 따라다니면서 빤히 쳐다보는 게 일상이란다. 그러다 기분이 좋 아지면 배를 내밀고 누워 눈을 감은 채 쓰다듬는 주인의 손길에 태 연히 몸을 맡긴다. 송이도 그렇다.

송이가 눈을 감고 과연 무슨 생각을 할지 궁금해하다가 부질없단 생각에 관두었다. 그저 송이의 현재가 가급적 오래 내 일상과 함께 이어지길 바랄 뿐이다. 이 세상 숱한 외로움 속에서 서로 혼자가 아 닐 수 있도록.

고양이는 언어를 거치지
않고 바로 본능에 따라
움직이는 일상 자체로
존재한다. 예전에 어떻게
살아왔는지 멋대로
추측해 괜한 연민으로
송이를 평가하는 건
지극히 인간의 관점이다.

속도위반

아버지께서
신호위반으로
범칙금을 내셨다는
어머니의 푸념

내게도
운전 조심하라는
잔소리가 이어졌다

나는
몸에 밴
방어 운전자

　　　　　　　　　내 운전 습관
　　　　　　　　　말씀드렸더니

　　　　　　　　　"남들은
　　　　　　　　　속도위반도
　　　　　　　　　잘하던데"

　　　　　　　　　　　　　　　　흑

　　　　냥이를

남자 연예인 여럿이 1박 2일간 전국 곳곳을 여행 다니는 공영 방송국 예능 프로그램의 인기가 한창 높았을 때였다. 언론사들의 요청으로 남해의 섬에서 진행하는 촬영 현장을 공개한 적이 있었다. 훗날 어지간한 연예인보다 더 유명해진 담당 PD는 일찌감치 기자들이 가진 경쟁 심리를 간파하고 이를 촬영 현장에서 활용했다. 프로그램 촬영에 기자들의 참여를 유도해 이를 방송에 담아냈다.

본격적인 촬영에 앞서 섬으로 들어가는 배를 타기 전 항구에서 간단한 기자회견이 열렸다. 출연진 모두가 '핫'했지만 특히 아이돌 그룹 출신 연예인에게 관심이 집중됐다. 촬영 현장 공개 전에 그 연예인의 결혼 기사가 나왔던 덕분이다. 당연히 그에게 질문이 쏟아지기 시작했다. 다소 갑작스러웠던 결혼 소식에 소감을 묻거나 신부의 신원을 확인하는 질문이 많았다. 그러나 현장에 있던 담당 PD의 표정에는 뭔가 아쉬움이 보였다. 예능 프로그램의 성격상 좀 더 시청자들의 흥미를 이끌어낼 수 있는 질문이 나오지 않은 탓이다.

그때 기자 한 명이 그 남자 연예인에게 질문을 던졌다. 길지 않은 질문이었지만 남자 연예인은 당혹스러운 표정을 감추지 못했다. 그러나 담당 PD와 다른 연예인들은 그 물음에 모두 폭소를 터뜨리며 질문받은 연예인의 대답을 기다렸다. 질문은 8음절로 짧았다. "과속 스캔들입니까?"「과속 스캔들」은 혼전임신을 소재로 한 코미디 영화다. 제목이「과속 스캔들」인 이유는 우리 사회에서 운전 중 규정 속도보다 빨리 달려 범칙금을 무는 '속도위반'이 혼전임신의 의

미로 널리 쓰였기 때문이다.

자식들이 결혼 적령기가 지나서도 결혼을 하지 않거나 못 하고 있으면 부모들의 마음은 편치 않다. 그러다 보면 예전에 가졌던 생각을 바꾸시는 경우도 생긴다. 그중 하나가 '속도위반'이다. 혼전임신으로 인한 남의 집 혼사에 넌지시 흉을 보시던 부모님들이 어느새 너는 그런 재주도 없느냐며 타박을 하시는 걸 보면 '사람들은 모두 변하나 봐'라는 유행가 가사가 틀리지 않은 듯싶다.

항상 법규를 준수하며 운전하는 게 몸에 밴 나는 속도위반을 범할 가능성이 낮다. 최고의 안전 운전은 방어 운전. 남녀 사이 무언가 속도가 빨라진다 싶으면 운전학원에서 배운 대로 심리적 브레이크를 밟으며 감속했다. 이런 경험담을 털어놓으면 주변 지인들은 "네가 과연 빨리 달려보기나 했냐?"며 시큰둥한 반응이긴 하다.

참고로 남자 연예인에게 혼전임신을 물었던 기자는 나다. 방영된 프로그램을 보니 "과속 스캔들입니까?"를 묻던 내 모습이 화면 가득 이른바 '풀숏'으로 나왔다. 방송 후 부모님께서 "그런 데 나오면 좀 유명해지고 연락도 오고 그러는 거 아니냐?"고 물으셨다. 차마 부모님께 '김 병장님, TV에서 봤습니다'라든가 '너, 대학 때보다 머리 더 벗어졌다' 같은 문자메시지를 보여드리진 못하고 "주변에 사인 좀 해주었습니다"라고 말씀드렸다. 부모님께서 딱히 믿지는 않는 눈치셨지만.

Part. 04

자율생활을

위하여

일한다는
것

육아 휴직한
후배에게
오랜만에 전화

아이 보다가
전화를 받았다는
후배 목소리가 밝다

그런데

후배가
결혼을
고민할 때

내가
무엇을 안다고
이러쿵저러쿵했을까

흑

자율생활을

업무 확인을 위해 육아 휴직한 후배와 통화를 했다. 휴대 전화 너머 '까르륵' 아기 웃음소리가 끊이지 않는다. 후배의 첫 아이가 장난치는 소리.

후배는 이제 복직을 앞두고 어린이집에 아이를 맡겨야 한다며 한숨을 쉬었다. 그러나 그 한숨이 아주 무겁게 느껴지진 않았다. 아이는 계속 엄마가 전화하는 걸 방해하는 듯했고 후배는 나와 통화를 하면서 연신 아기에게 눈길을 주며 환히 웃는 게 보이지 않아도 눈에 선했다.

느닷없는 전화에 말 상대를 빼앗긴 듯 수화기 너머 아이의 웃음소리와 칭얼거리는 소리는 계속 들려왔다. 복직하면 보자고 전화를 끊었다. 한 사람과 통화했지만 한 가정의 다정한 풍경이 자연스럽게 떠올라 지쳐 있던 오후에 잠시나마 활력이 돌았다.

엄마 아빠가 된 선후배들, 동기들을 만나 이야기하다 보면 자신이 꾸린 가족을 위해 일을 하고 일정 부분 본인의 삶을 희생한다. 결국 내 고됨이 어떤 대상을 통해 행복이나 만족, 보람으로 상쇄되기에 개인의 무엇을 포기하는 삶을 산다. 이것이 홀로 사는 이들이 감지하기 어려운 기혼자들의 삶일 것이다.

후배와 통화하며 잠시나마 부러움이 일었다. 자신에게 가해지는 숱한 불편과 구속과 희생을 감수하고 감내하게끔 하는 누군가와 함께 있는 순간. 그 긍정적이고 밝고 순한, 그리고 당찬 에너지와 파장을 휴대전화 너머로도 충분히 감지할 수 있어서다.

약간 미안한 마음도 들었다. 후배가 결혼을 앞두고 고민할 때 혼자 사는 삶의 이로움을 설파했던 기억이 언뜻 떠올라 살짝 부끄러웠다. 남이 하는 말은 그래서 종종 부질없기도 하다.

자율생활을

결혼 적령기를 지나
혼자 산다는 것은
본질적으로 지금의
여러 고됨 등을
감내하게끔 힘이
되어주는 사람 없이
하루를 버티는 일인지도
모른다.

나이 듦의
신호

건강검진 결과
맥주와 육류를
자제하라는 주의를 받았다

결국
걸렸다
나도

바람만 닿아도
아프다는
그 통풍

치맥은
이제 금지

가뜩이나
사는 게
절간 같건만

흑

자율생활을

나이를 먹어도 물리적 나이와 관계없이 스스로 청춘이라고 믿고 사는 이들도 있다. 특히 남자들은 군대 시절의 체력이 마치 영원할 것처럼 사회에 나와서도 무리를 한다. 과음과 과로를 예사로 하면서도 군대 시절만큼 운동은 하지 않는다. 여기에 자연스러운 노화까지 겹치다 보면 결국 삼십 대 중후반부터 어딘가 몸이 고장 나기 시작한다.

문제는 나 같은 한국의 직장 남성들 대부분이 몸의 이상신호에 예민하지 않다는 것이다. 건강검진에서 경고를 받고도 무시하기가 일쑤다. 사실 의사 선생님들이 하는 말을 그대로 지키기 어려운 점도 있다. 직장인들이 스트레스받지 않을 정도로 일하고, 자주 운동하고, 마음 편히 담배 피우지 않고 살 수 있는 환경이 가능할까.

한국의 경제 규모 성장률과 동반 성장한 한국의 사십 대 남성 사망률은 서구 선진국보다 앞서고 있는 게 현실이다. 직장 선배들이 사십 대 중후반부터 이런저런 병으로 드러눕는 경우를 꽤 봐왔기에 남 일이라고만 여길 수도 없다. 게다가 나도 중병은 아니지만 아팠던 경험이 있고.

처음 찾아온 병은 간염이었다. 서른 중반이 되던 해 당시 여름휴가를 다녀와 출근을 했더니 동료들이 얼굴이 샛노랗다며 당장 병원에 가보라고 했다. 휴가 때 얼굴이 탄 것인 줄로만 알았던 나는 의사 선생님께 "이 정도 상태가 될 때까지 무엇을 했냐"는 한 소리를 들으며 바로 입원 조치를 당했다. 감기약을 먹으니 견딜 만했는데, 그게 감기가 아니라 A형 간염이었다.

생전 처음 6인실 병실에 입원해 일주일 정도 치료를 받았다. 퇴원할 때 의사 선생님께서 간이 한번 망가진 것과 다름없으니 앞으로 과음을 자제하라고 신신당부하셨다. 하지만 인체는 신비로웠다. 반년쯤 지나니 간이 어느 정도 회복된 걸 느꼈다. A형 간염 환자였다는 게 회사 내에서 소문이 난 덕에 선배들이 막무가내로 술을 먹이진 않았다. 과음은 피할 수 있게 되자 오히려 술자리가 부담 없이 잦아졌다.

A형 간염을 서서히 망각하고 건강을 과신하기 시작할 무렵, 대상포진에 걸렸다. 마찬가지로 대상포진이 걸린 줄 몰랐다. 인터넷으로 증상을 찾아보니 감기 몸살이 아니라 대상포진 같아 동네 피부과 병원에 갔다. 의사 선생님이 놀라며 "아니, 엄청 아팠을 텐데 왜 이제 왔어요?"라고 하셨다. 그때 알았다. 실연의 아픔은 육체의 통증도 잊게 해준다는 사실을.

A형 간염과 대상포진을 겪은 이후 다시 산에도 열심히 다니고 건강에 신경을 썼다. 하지만 건강이 어느 정도 회복되자 자연스럽게 신경은 무디어졌다. 기억력이나 집중력이 떨어지기 시작하니 몸으로라도 때우자며 괜히 부지런을 떨었다. 몸을 쓰기 위해서는 잘 먹어야 하는 법이니 거의 매일 육류를 섭취하고 스트레스 풀겠다며 맥주를 한약 먹듯 매일 챙겼다.

자율생활을

어느 날부터 오른발 엄지발가락 쪽에 통증이 오기 시작했다. 차츰 통증의 수위가 경험해보지 못했던 단계까지 올라왔다. 통증 탓에 밤잠을 설치는 날도 생겼다. 주로 사십 대 후반 부장급에서만 걸린다는 그 병일까? 정형외과 의사 선생님은 검사 자료를 보더니 내가 말한 그 병명에 고개를 끄덕였다.

"통풍 맞습니다. 맥주랑 고기, 조개류 드시면 재발합니다."

A형 간염과 대상포진이 걸렸을 때는 어머니에게 이실직고했다. 입원을 해서 어머니의 도움을 얻을 수밖에 없었기 때문이다. 장가도 안 가고 늙은 엄마가 병시중이나 들게 한다고 잔소리깨나 들었다. 그래서 통풍 진단이 나왔을 때는 어머니께 비밀로 했다. 다만 앞으로 부모님 모시고 식당을 갈 때 고깃집은 피해야 하는 것이 아쉬웠다. 부모님 사시는 동네에 전국적으로 소문난 떡갈비 집이 있어 가족이 모이면 가끔 갔었는데, 추억의 맛이 되었다. 이제 어르신들에게도 고기보다는 채소가 몸에 좋겠지 위안한다.

답답한 마음에 친한 친구에게 아픔의 이야기를 쭉 늘어놓았다. 녀석은 병을 앓는 사람이 오히려 오래 산다며 위로인지 아닌지 모를 말을 보냈다. "이제 술이랑 고기도 못 먹지. 남은 건 삭발이구나. 산도 좋아하니 딱 맞네"라고.

내 사랑
통영

여름휴가 때
처음으로 홀로
통영에 갔다 온 후배

게스트하우스에서
혼자 온 여성과
친해졌다고

한 번
두 번
세 번
네 번
다섯 번

내가 통영을
다녀온 횟수

남아 있는 건
오직
독사진

혹

자율생활을

국내 여행을 떠나고 싶다는 주변 지인들에게 자주 추천하는 곳 중 하나가 경남 통영이다. 통영은 상투적인 말로 한국의 나폴리로 불린다. 이탈리아의 아름다운 항구인 나폴리에 가보지 않아서 통영이 나폴리에 비견할 만한 동네인지는 모르겠다.

그저 통영이 품고 있는 여러 모습들을 보고 느끼기 위해 다섯 번 정도 여행했다. 내가 사는 서울에서 경남 끝자락인 통영까지 거리를 고려하면 적지 않은 횟수다. 통영에 가면 강구안 중앙시장에서 먹는 막회 외에도 꿀빵과 충무김밥 등 독특한 먹거리를 맛볼 수 있고, 한산섬 달 밝은 밤 수루에 홀로 앉아 깊은 시름에 잠겼던 이순신 장군을 떠올리며 바닷바람도 맞을 수 있다.

그리고 청마 유치환의 연정이 남아 있고, 『토지』로 유명한 거장 박경리의 고향이자 작가의 묘소가 있다. 또한 한국에서 오히려 제대로 된 평가를 받지 못한 작곡가 윤이상이 이역만리 베를린에서 오매불망 그리워한 곳이다.

그래서일까. 고향도 아니건만 마음이 복잡할 때면 어느 순간 다도해가 발아래로 내려다보이는 미륵산 정상이나 산양일주도로 내 달아공원의 순정한 노을이 머릿속에 절로 떠오르기도 한다.

회사의 남자 후배가 통영으로 여름휴가를 떠나기 전 나의 '통영 타령'이 영향이 있었다고 했다. 녀석은 동기들로부터 향후 혼자 살 가능성이 가장 높은 노총각으로 꼽히면서 나와 친분이 더욱 돈독해졌다.

며칠 후 휴가에서 돌아온 후배 녀석은 선배 말대로 통영이 좋았다면서 이런저런 후일담을 전했다. 특히 게스트하우스에서 혼자 여행 온 또래 여성분을 만나 함께 시내 구경을 하고 연락처를 주고받았다고 자랑까지.

통영에 수차례 여행을 갔어도 시장 좌판이나 식당 주인아주머니 외에는 딱히 남성 아닌 분들과 말을 나누어본 적 없던 나로서는 녀석의 이야기를 들으니 여섯 번째로 가려던 통영 생각이 차츰 수그러들었다. 받아온 연락처라고는 서울로 택배 가능하다는 충무김밥 가게 명함뿐이었기 때문이라고는 차마 말하지 못한 채.

자율생활을

설령 통영이 나폴리에
비해 수려함이
덜하더라도 내게는
특별한 동네다.

도쿄
공항들

혼자 떠난
1박 2일
도쿄 출장

무사히
업무를 마치고
여유가 생겼다

우에노 공원
한 바퀴 돌고
공항으로

그런데
도쿄 인근에
공항은 두 곳

아직도 헷갈리는
하네다와
나리타 공항

흑

자율생활을

만 서른 살 전까지 해외에 나가본 적이 없었다. 대학 시절 유행했던 배낭여행도 나는 예외였다. 여권을 만든 것도 취업한 이후였다. 해외 출장을 보내려다 여권이 없는 내 사정을 안 선배가 기겁했다. 해외여행 결격 사유는 입사를 취소할 수도 있는 사안이라며 겁을 주는 바람에 여권을 만들었다. 어느덧 지금은 휴가 때 혼자서 유럽 여기저기를 다녀올 정도로 해외여행에 익숙해졌다. 스마트폰 세상은 나 같은 외국어 무능력자에게도 해외로 나갈 수 있는 용기를 충분히 불어넣어 주었기 때문이다.

처음 혼자서 외국에 나가게 된 계기는 회사 출장 덕분이었다. 일본 도쿄에서 열리는 모 연예인의 팬미팅 현장을 취재하라는 지시로 혼자 일본행 비행기에 탑승했다. 기자단 출장으로 가이드와 함께 외국에 갔던 적은 있어도 홀로 나간 적은 없었던 터라 꽤나 긴장했다. 아직 스마트폰이 대중화되기 전이기도 했다.

그러나 의외로 도쿄 출장은 수월했다. 염려했던 것보다 도쿄 시내를 다니는 게 어렵지 않았다. 1박 2일 일정 중 도착한 첫날 바로 팬미팅을 취재하고 이튿날 오전에 기사를 송고한 뒤 오후 늦은 비행기로 귀국하는 일정이라 여유도 있었다. 일을 마친 다음 출국하기 전까지 반나절 정도의 시간도 있었다.

비행기를 타기 전 무엇을 할까 고민하다 우에노 공원과 인근 동네를 둘러보았다. 1월 중순이라 딱히 볼 것은 없었지만 처음 혼자 다니는 외국 도심의 풍경은 신기했다. 우에노 공원 근처 아메요코 시장에 가서 간단히 요기한 다음 비행기 탑승 시간에 늦지 않게 우에노 공원 전철역으로 갔다. 혼자서도 출장을 잘 마무리했다는 생각에 마음이 놓였다. 우에노역 안 공항 표지를 따라 별 고민 없이 공항으로 출발했다.

그런데 한참을 가다 무언가 이상한 기분이 들었다. 분명 도쿄로 들어올 때 봤던 도심의 풍경과 달리 강을 건너고 들판을 가로질러 전철이 달리고 있었다. 정신을 차리고 전철 내 안내판을 보니 나리타행 공항 전철에 타고 있었다. 내가 가야 할 공항은 하네다 공항. 가슴이 철렁했다.

다행히 도쿄의 전철 노선은 환승 시스템이 잘 갖춰져 있었다. 우여곡절 끝에 전철을 환승해 하네다 공항까지 도착했다. 그나마 비행기 출발 시간에 앞서 넉넉하게 우에노 공원에서 전철을 탄 덕에 비행기 탑승 시간이 아주 촉박하지 않은 상황에서 공항에 도착. 비행기 탑승구가 문 닫기 전에 김포행 비행기에 올랐다. 이제는 제법 주변 사람들에게 배낭여행 조언을 해줄 정도로 외국에 나가는 게 익숙해졌지만 아직도 그때를 떠올리면 아찔하다.

가우디도
나처럼

스페인 바르셀로나의
랜드마크,
사그라다 파밀리아

8월의 눈부신 햇살이
성당 안 스테인드글라스를
신비롭게 비춘다

이어폰 끼고
베토벤의 「환희의 송가」
감상 중

가우디
베토벤
그리고 나

시대와 국적은
다르지만
같은 독신남이라고

혹

자율생활을

예수의 수난을 보기에는 석양의 빛이 너무 적나라했다. 습기가 증발한 황토색의 사막에서 직사광선을 온몸으로 견디고 있는 선인장처럼 수난의 파사드는 처연하게 빛났다. 각양각색의 관광객들이 그 모습을 배경으로 사진을 찍으며 와자지껄했다. 선글라스를 쓴 사람들이 많아 그들의 눈빛은 알 수 없었지만 입가의 미소는 닮아 있었다. 예수의 고통을 짐작하며 경건하게 고개를 숙인 사람은 찾아보기 어려웠다. 나 역시 놀러 와 들뜬 관광객 중 한 명이었다.

가이드에게 성상의 의미를 듣는 관광객들은 수난의 파사드를 배경으로 사진기를 누르기에 바빴다. 나 같은 관광객들로 8월 하순 오후 4시의 스페인 바르셀로나 사그라다 파밀리아 성당의 서쪽 면은 북적북적 흥청거렸다. 성당 안으로 들어가는데, 스테인드글라스로 빛이 쏟아져 내리는 듯했다. 이어폰을 끼고 베토벤의 「환희의 송가」를 들으며 성당 안을 둘러보았다.

◇◇◇

그해 초여름 예술의전당에서 본 '바르셀로나를 꿈꾸다 안토니오 가우디' 전시가 여행의 발단이었다. 그전까지만 해도 스페인의 천재 건축가 안토니오 가우디(1852~1926)에 대해 자세히 알지 못했다. 아직도 짓고 있다는 바르셀로나의 성가족성당, 즉 사그라다 파밀리아를 설계한 건축가 정도가 내가 알고 있는 가우디에 대한 전부였다.

서울에서 만난 가우디 전시를 보면서 감탄했다. 그의 삶을 보니 천

재들 특유의 광기로 점철된 인생과는 정반대의 삶을 살았다. 수도자처럼 평생 독신으로 살며 말년에는 오직 사그라다 파밀리아의 건설을 위해 헌신했다. 구도자의 자세로 사그라다 파밀리아의 완성을 위해 공사장의 허름한 침대에서 숙식하며 천상의 아름다움을 지상에 구현하려 했다. 요즘처럼 컴퓨터의 도움 없이 그저 자신의 머리와 손으로 어떻게 저런 건축물들을 설계하고 디자인을 고안할 수 있었을까? 전시를 보고 가우디에게 반해 도록을 구입했다. 스페인 바르셀로나의 랜드마크인 사그라다 파밀리아를 비롯해 구엘 공원, 카사 바트요 등등 바르셀로나 곳곳에 가우디의 손길이 느껴졌다.

여름휴가로 딱히 갈 곳을 정해놓지 않았던 차에 갑자기 바르셀로나가 나를 부르기 시작했다. 1992년 바르셀로나 올림픽 당시 황영조 선수가 마라톤 금메달을 땄던 도시. 그 외 딱히 내 기억 속에 정보가 없던 바르셀로나는 순식간에 꼭 가보고 싶은 여행지가 됐다. 나의 생애 첫 배낭여행의 목적지로 바르셀로나를 선택했다. 숙소도 일부러 사그라다 파밀리아와 가까운 곳으로 잡았다.

◇◇◇

숙소에서 성가족성당까지 도보로 10여 분 거리. 부지런히 걸어갔다. 가우디가 처음 이 공사를 맡았을 때는 전기가 도시를 훤히 밝히기 전이었다. 인간이 만든 빛으로 성당을 밝히기 전 대지와 창공을 밝히는 빛은 오직 태양뿐이었을 때 그 빛에 의존한 가우디의 기분을 느껴보고 싶었다. 관광 명소가 아닌 성당 본연의 모습으로 고요한 사그라다 파밀리아를 보고 싶었다.

영광의 파사드는 동쪽에서 뜨는 아침 햇살로 황금색으로 물들기 시작했다. 전날 오후에 왔을 때는 보지 못했던 모습이었다. 황홀하고 신성했다. 반대편 수난의 파사드는 역광 탓에 회색빛이었다. 전날에 보았을 때와 전혀 다른 느낌이었다. 건조했지만 경건했다. 수난의 파사드 앞 인도에는 바르셀로나 시민들이 출근을 하고 있었다. 카메라를 들고 관광객인 양 서 있는 사람은 나뿐이었다.

수난의 파사드 곳곳에 새겨진 예수 수난의 성상들을 살폈다. 전날과 달리 숙연한 마음이 들었다. 그 마음으로 묵주기도 고통의 신비를 떠올렸다. 차분히 가라앉은 마음. 묘한 서글픔이 밀려올 때 성당을 지키는 청소부 아저씨의 모습이 보였다. 수난의 파사드 앞 계단을 빗자루로 꼼꼼히 쓸던 청소부 아저씨는 이내 문을 열고 성당 안으로 사라졌다. 평생 혼자 살았지만 외톨이는 아니었을 가우디의 영혼을 위해 그제야 잠시 기도를 드렸다.

자전거
캠핑

홀로
제주도로 떠난
자전거 여행

저녁 먹으려고
들어간
우도 해변의 식당

메뉴판 보며
주문한
전복해물탕 1인분

인상 좋은
주인아저씨
"다른 분들은요?"

"혼잔데요?"

메뉴판 이미지엔
전복이 두 개
내 해물탕에는 네 개

흑

자율생활을

서른 후반 즈음부터 자전거 캠핑에 꽂혔다. 자전거를 타고 가다 경치 좋은 곳에서 하룻밤 캠핑을 하고, 시간이나 숙소에 구애받지 않은 채 유유자적 다닐 수 있는 자전거 캠핑이야말로 여행의 최고 단계라는 생각이 들어서다.

갑작스럽게 자전거 캠핑병이 도진 건 아니었다. 날 좋은 주말에 곧잘 자전거를 타고 중랑천 자전거 도로를 따라 한강까지 다녀오다 보니 집에 돌아가고 싶지 않은 마음이 들었던 게 시작이었다. 남에게 귀가 여부를 확인받지 않아도 되는 삶에 익숙해진 영향도 있다. 결국 캠핑에 적합한 자전거를 구입하고 각종 장비들을 마련해 자전거 캠핑 준비에 나섰다.

첫 자전거 캠핑을 어디로 떠날지 지도를 펼쳐놓고 여기저기 고민을 했다. 제주도가 좋겠다 싶었다. 서른 살 초반에 자동차를 렌트해 홀로 제주도 해안도로를 일주한 경험도 있었다. 그때 자전거를 타고 제주도 일주에 나선 사람들을 보면서 내심 부러웠다.

검색을 해보니 전라남도 장흥 노력항에서 제주도 성산포를 왕복하는 배편이 있었다. 차에 자전거를 싣고 장흥까지 가서 노력항에 주차한 다음, 자전거만 가지고 제주도로 들어가 자전거 캠핑을 하면 되겠다 싶었다. 더군다나 성산포에서는 우도가 가까웠다. 우도에는 비양도라는 조그만 섬이 연결되어 있는데, 캠핑을 좋아하는 사람들 사이에서 소문난 곳이었다. 바다를 바라보며 호젓하게 캠핑을 하기에 좋아서다.

그해 여름휴가. 제주도 자전거 캠핑을 실행에 옮겼다. 자전거 뒤에 잔뜩 캠핑 도구를 싸매고 성산포항에 내렸을 때 드디어 마치 여행의 고수가 된 양 의기양양했다. 다시 성산포항에서 배를 타고 우도에 들어갔다. 자전거 캠핑으로 그곳에 온 사람은 거의 없었다. 남들은 관광할 때 나는 여행한다는 묘한 자부심에 페달을 밟으며 우도의 구석구석을 돌아보았다.

마침내 계획했던 우도의 끄트머리 비양도에 가서 텐트를 쳤다. 바닷가 구릉지 전체를 혼자 전세 낸 느낌이었다. 그런데 막상 바다까지 와서 한 끼를 준비하려니 귀찮기도 했거니와 마뜩잖았다. 다시 자전거를 끌고 근처 해변가 식당을 찾아갔다. 성산포로 나가는 배가 끊기는 오후 6시 이후의 우도는 무척 조용하고 한적했다.

식당에 들어서니 저녁 시간이었는데도 손님이 나뿐이었다. 혼자서 먹는 것에 익숙했던 터라 자연스럽게 테이블에 앉아 전복해물탕을 주문했다. 식당 사장님은 "다른 분은 더 오지 않느냐"고 물었다. 대수롭지 않게 혼자라고 말했다. 나만의 착각이었는지 몰라도 인상 좋은 사장님 표정에서 짧은 순간 측은지심이 보였다.

10여 분 후 등장한 전복해물탕은 메뉴판 사진보다 더 푸짐해 보였다. 관광지 식당에서 메뉴판 사진보다 음식이 더 푸짐하게 나오는 경우가 흔치 않기에 만족스러웠다. 식사 후 맛있게 먹었다고 하자 사장님께서 약간은 조심스러운 표정으로 말씀하셨다.

"아침도 됩니다. 전복…… 더 드릴게요."

혼자
걷기

산티아고 순례길을
홀로
걷고 왔다

종일 걷고
먹고 자는
단순한 여정

몸은 피곤해도
마음은
평안했다

순례객 중
열에 일곱은
혼자 온 이들

다수에 속한
포근한 이 느낌
얼마 만인가

혹

자율생활을

남자와 여자가 길에서 우연히 만나 서로가 '솔메이트'임을 알아보고 운명적인 사랑에 빠진다. 미혼 남녀가 혼자 여행을 떠날 때 내심 바라는 소망이다. 그런 이유에서 스페인의 '산티아고 순례 길'은 여행자들 사이에서 솔메이트를 찾기 위한 최적의 코스로 꼽히기도 한다. 다른 여행지보다 혼자 오는 비슷한 부류의 사람이 많아서다. 커플로 오거나 친구끼리 아니면 가족끼리 오는 경우도 있지만, 막상 길 위에서 대부분의 순례자는 홀로 그 길을 걷는다.

실제로 보름 남짓 그 길을 걸어보니 혼자 걷는 이들이 많았다. 혼자 먼 길을 걷는 여행 방식이 세상에서는 비주류였을지라도 그 길에서는 주류였다. 그 때문에 혼자 걷는 이들 중 서로에게 동질감을 느낀 세계 각국의 사람들이 길의 여정에서 쉽게 마음을 열고 친구에게, 가족에게, 동료들에게 섣불리 말하지 못한 고민들을 털어놓는 모습도 어렵지 않게 볼 수 있었다.

싱글에 미혼인 처지에서 산티아고 순례길을 준비할 때 '운명적인 상대'에 대한 로망이 내심 없지 않았다. "한국에서 만나 한국말로 이야기할 수 있는 사람들 중에서도 인연을 만나지 못했는데 거기에서 만나기를 기대하는 건 과대망상이다"라고 주변 지인들에게 무관심한 척 말했지만, '만에 하나 그런 인연을 만날 수 있을까?'라는 기대를 아예 지우지는 못했나 보다.

40일 정도 걸리는 순례길을 남들처럼 완주하지 못했음에도 길을 건다 나와 같은 소망을 지닌 이들을 발견하는 건 어렵지 않았다. 조심스럽지만 서로의 끌림에 기꺼이 자신을 열고 보조를 맞춰 걷는 이들. 그들은 길에서 만난 커플임을 직감적으로 알 수 있었다.

나는 비록 그러한 동행이 생기는 운이 끝내 없었지만 의외로 서럽거나 아쉬운 느낌도 없었다. 타인의 기쁨을 딱히 질시하거나 부러워하지 않을 만큼, 오히려 혼자 그 길을 걷는다는 것 자체만으로도 능히 행복하다는 생각이 들었다. 걸을수록 나도 모르게 어느덧 마음이 차곡차곡 두터워지면서 홀로 충만해졌다. 오롯이 나를 만나 나와 대화를 나누는 시간이 깊고 길었기에 가능한 일이었다.

그 탓에 휴가에서 복귀했을 때 번잡하고 빠른 일상의 속도에 현기증이 일고 한동안 적응하는 데 애를 먹었다. 고요하게 나를 만날 시간을 마련하기가 쉽지 않았다. 내 삶이 소모되는 느낌이 들었다. 혼자 사는 일상의 허전함에 우울해지기도 했다. 그때마다 순례길에서 찍은 사진들을 보며 마음을 달랬다.

특히 순례길의 종착지인 산티아고 데 콤포스텔라 대성당 광장 앞에서 찍은 독사진을 볼 때면 괜히 '빙긋' 웃음이 나곤 했다. 광장에 도착한 세계 각국의 숱한 순례자 가운데 마침 한국에서 혼자 오신 중년 남성분께서 찍어주신 독사진이었기 때문이다.

공교롭게도 선뜻 내 모습을 찍어주신 분은 평생 독신으로 사셔야만 하는 가톨릭의 신부님이셨다. '솔메이트'는 끝내 만나지 못했으나 순례길의 마지막에서 '영혼의 아버지'는 만났으니 본래 순례길의 의미와는 부합했던 셈이다.

그 사실을 다시 떠올리고 나면 한결 마음이 차분해지고 담담해진다. 그리고 혼자 사는 일상도 딱히 남다르거나 특별한 일이 아닌 사람으로서 기본적인 생활임을 곱씹는다. 함께할 동행이 있기 이전에 우선 내 스스로 목적지를 정하고 혼자서도 걸을 수 있어야 누가 대신 가줄 수 없는 인생이란 긴 여정에 온전히 발을 내디딜 수 있을 테니 말이다.